가끔은
내게도
토끼가

와 주었으면

라문숙 지음

데
다

"왜 항상
이유가 있어야 한다고
생각하지?"

한때 그림책의 주인이었던 당신에게
이 책을 바칩니다.

나는 나뭇잎이나 종이에 구멍을 내서 그걸 눈에 갖다 대고 하늘을 올려다보기를 좋아했다. 태양이 어디쯤 있을지 가늠하며 이리저리 얼굴을 돌리다가 날카로운 햇살에 깜짝 놀라 눈을 감아버린 적도 많았다. 눈이 나빠진다고 엄마에게 혼도 많이 났다. 구멍을 통해 바라본 세계는 구멍만큼 작아진 채로 내게 왔다. 작아진 만큼 잘 보였다. 말이 생각을 따라갈 수 없어 조용할 수밖에 없는, 느낀 만큼 표현할 수 없어 우울한 아이가 책 속에 등장하면 나는 그게 나라고 생각했다. 이야기는 기억나지 않고 이미지만 남아있는 책들, 맥락 없는 장면과 기억들이 내 키와 함께 자랐다. 무엇이든 모자라면 편안했고 넘치면 불안했는데 그건 아마도 내가 남보다 조금 더 멀리 볼 수 있기를 바랐기 때문일 것이다. 작은 구멍을 통해서도 충분히 볼 수 있을 만큼 내 주위의 세계를 축소할 필요가 있었다.

어렸을 때 그림책이 있었는지는 기억에 없다. 나의 책이라고 기억하는 가장 오래된 책들은 문고판 크기의 세계문학 전집으로 거칠고 누런 종이에 작은 글씨가 빽빽하게 찍혀 있던 것들이었다. 삽화가 있었던 책들도 있었지만 흑백인 데다가 조악한 인쇄 상태 탓에 삽화가 없는 책들에 비해 특별할 것이 없었다. 제대로 된 삽화는 초등학교에 들어갔을 때 받은 교과서에서 본 게 처음이었다. 내가 학교를 좋아했고(남들은 종종 이해할 수 없다고 하지만) 그중에서도 새 학기를 애타게 기다렸던 건 아마도 총천연색 삽화가 첫머리에 들어간 새 교과서를 볼 수 있었던 때문이 아니었나 싶다. 교과서를 받은 날은 집에 돌아와 꼼짝도 안 하고 책들과 시간을 보냈다. 창호지를 바른 문을 통과한 오후의 햇살이 책 속으로 빠져들 듯 숙인 고개와 웅크린 어깨 위에 내려앉았던 걸, 책 한 장을 넘기기가 아까워서 숨을 몰아쉬던 시간들이 내 몸 어딘가에 아직 남아있는 걸 나는 알 것 같다. 삽화가 그려진 동화책 한 권을 가질 수 있다면 무엇이든 할 각오가 되어있던, 소심했으나 욕심 많고 겁쟁이였지만 당돌했던 아이였다. 그때 나는 그림책이란 게 있다는 사실도 몰랐다.

어른이 되었고 아이를 낳았다. 아이가 걸을 수 있게 되었을 때 나는 틈만 나면 아이와 함께 서점에 갔다. 태어나서 처음 보는 그림책들 사이에서 아이와 나는 동등했다. 아이만큼 나도 그림책은 처음이었다. 그림책 판매대에서 몇 시간을 보내고도 집에 오려면 아쉬웠다. 아이 핑계를 대고 고른 그림책들은 사실 나를 위한 것이라고 해야 옳았다. 집에 돌아오면 그 그림책들은 당연히 내 책이 되었다. 언제부턴가 아이가 서점에서 책을 고를 때 자기가 원하는 걸 고르기 시작했고 아이 핑계로 그림책을 사고 또 샀던 나의 호사도 끝이 날 수밖에 없었다. 아이처럼 당당하게 '난 이 책을 살 거야'란 말을 하지 못했던 건 나 역시 막연하게나마 그림책은 아이들이 보는 책이란 생각을 했기 때문이었다. 자신이 고른 그림책을 넘기는 아이 옆에서 곁눈질하기도 했지만 그건 아이 책이었을 뿐이었다. 그렇게 한동안 나를 맹렬히 사로잡았던 그림책에서 멀어졌다.

그림책이 다시 눈에 들어온 건 책 정리를 할 때였다. 책을 모아둘 공간은 항상 부족했으므로 정기적으로 정리가 필요했다. '이 책은 다시 읽을 것 같지 않아'와 '언젠가 꼭 다시 읽을 거야'로 나뉜 책 무더기 앞에서 책을 뒤적이고 골라낼 때마다 모퉁이를 돌거나 고개를 넘은 듯 일상의 풍경이 달라 보였다. 책과 나, 둘 모두에게 가혹한 '정리'를 거치고도 여전히 남아있는 책 중의 일부는 그림책들이었다. 보통 그림책은 그 책의 주인이 자라면서 작아진 신발이나 고장 난 장난감들과 함께 치워지기 마련이지만 내 책장에 남겨진 그림책들의 주인은 그 책들을 살 때 이미 어른이었다. 오래전 아이를 핑계로 내가 사들인 바로 그 책들이다. 그러나 그 책들은 버려지지 않았을 뿐 여전히 잊힌 채로 남아있었다.

내가 그림책을 다시 가까이하게 된 건 지금 사는 집으로 이사를 한 후였다. 남편과 아이가 아침에 나가고 난 후 집과 마당을 혼자 독차지하고 보내는 시간은 무엇보다 달콤했다. 주방을 난장판으로 만들어놓고 빵을 굽거나 마당에서 시간 가는 줄 모르고 풀을 뽑고 물을 주거나 휑한 거실에서 책을 읽었다. 오래 잊고 있었던 그림책도 다시 펴보기 시작했다. 서점에 갔다가 눈에 띄는 그림책이 있으면 사기도 했다. 나는 텅 빈 집안에서 서성이며 내 마음대로 그림책을 읽었다. 그림 너머에 숨어있는 이야기들을, 몇 글자 되지 않는 짧은 문장 뒤에 가려진 마음들을 읽었다. 나는 그림책 속 아이가 되었다가 여우가 되었다가 트랙터가 되기도 했다. 파도가 넘실거리는 바다 앞에 서서 가슴이 터질 것처럼 벅차기도 했고 책 속의 토끼를 간절한 마음으로 기다렸으며 외할머니의 주름살을 그리워하기도 했다. 피식 웃으며 책장을 넘긴 그림책을 어느 날엔 눈물을 뚝뚝 떨구며 읽기도 했다.

처음에는 삶의 장면이 바뀔 때마다 절묘하게 맞아떨어지는 그림책이 있어 신기하다고 생각했다. 그림책을 천천히 자주 들여다보면서 상황에 맞는 그림책이 따로 있는 게 아니라 그림책을 읽는 내 시선이 점점 유연해지고 너그러워진다는 걸 알았다. 매일 조금씩 그림책 속 여백을 내 이야기로 채웠다. '이렇게 살고 싶었어' 라든가 '그래도 괜찮네', '아, 다행이다' 같은 느낌, 너무 작아서 자세히 들여다보지 못하는 반짝임, 존재했는지도 몰랐던 찰나의 시간이 조각난 그대로 그림책 속에 들어있는 걸 바라보며 즐거웠다.

매일 비슷한 때에 일어나 비슷한 날들을 보내며 살고 있다. 마치 이렇게 살기 위해 태어난 사람처럼 어제 한 일을 오늘 또 하면서도 지겨워하거나 실망하지 않는다. 특별한 기대도 희망도 없지만 그런 날들이 모여 괜찮은 한 달이 되고 기억하고 싶은 한 해가 된다는 비밀을 내게 알려준 게 그림책이다. 세탁기 앞에 앉아서 물이 흐르는 소리를 듣는 일, 휴지통을 비우러 나갔다가 그대로 서서 나무 사이로 지나가는 바람 소리에 귀를 기울이고 떨어지는 나뭇잎을 헤아리는 것처럼 '아무 쓸모 없는 일'에 시간을 써도 불안하지 않은 사람이 되게 하는 힘도 그림책에서 온다. 동쪽 하늘이 분홍빛으로 물든 아침에는 '오늘은 하늘 구경만 할 거야'라고 소리를 내어 말하기도 한다. 내 앞에 주어진 것들에 감동하기로 하는 것이다.

내 안에는 여럿의 '나'가 함께 살고 있다. 어느 날 내가 문득 낡은 그림책들을 보는 건 그 각각의 '나'들을 만나는 것과 같다. 내가 누구인지 잘 모를 때, 숨고 싶을 때, 그리울 때, 어쩔 수 없을 때, 내게서 멀어지고 싶을 때 내 안의 '나'들을 다시 만난다. 마흔 살의 내가 스무 살의 나를 용서하고, 열다섯 살의 내가 쉰 살의 나를 이해하기를 바란다. 무엇보다도 내가 나와 화해하고 싶을 때 그림책들이 도움이 된다. 그래서 그림책을 산다. 씨앗을 고르듯이 그림책을 고른다.

나는 오래 헤맨 사람이다. 모든 것에는 이유가 있다고 하는데 나는 이유를 알 수 없는 게 너무 많았다. 어느 날 그림책이 이유를 찾아 헤매는 내게 물었다.

"왜 항상 이유가 있어야 한다고 생각하지?"

이유 없이 좋은 것, 그게 제일 좋다. 삶은 종종 이해할 수 없는 이유로 흔들리기도 하지만 그 반대도 성립한다. 우리는 여전히 오늘을 살고 지난날들은 꽃밭처럼 아름답다.

한때 그림책들의 주인이었던 그대들에게 이 책을 바친다. 그때 그 그림책들이 씨앗이 되었으므로.

CONTENTS

EPILOGUE___

한 권의 그림책 에세이가 만들어지기까지
가시투성이의 내가 새싹처럼 순해지기까지

#1   제 코가 빨개지면

혼자 있고 싶다는
뜻이에요

영혼은 안다,
자신이 주인을 잃었다는 것을

잃어버린 영혼

며칠을 호되게 앓고 나서 거울 앞에 섰다. 낯선 얼굴이 나를 마주
보고 있다. 가슴이 철렁 내려앉는다. 거울 속에서 나를 바라보고
있는 저 사람이 정말 나일까? 머리숱이 적어지고 얼굴에 반점이
나 주름살이 늘어서가 아니다. 감정을 찾아볼 수 없는 얼굴이 거
기 있다. 마치 웃거나 우는 건 내 일이 아니라는 듯, 호기심이나
갈망은커녕 실망스럽다거나 우울한 내색도 없다. 표정 없는 얼굴
의 저 여자가 정말 나인지 의심스럽다.

만약 의사를 찾아간다면 당신은 지금 영혼을 잃어버렸으니 어딘가에 앉아서 영혼을 기다려야 한다는 말을 들을지도 모른다. 올가 토카르추크와 요안나 콘세이요의 고요하고 아름다운 그림책 [잃어버린 영혼]에서, 주인공이 의사에게 영혼을 잃었다는 진단을 받는 장면이 오래전 읽었던 다와다 요코의 산문 [영혼 없는 작가]의 이야기와 겹쳐졌다.

영혼은 비행기처럼 빨리 날 수 없다는 것을 인디언에 관해 쓴 어떤 책에서 읽은 적이 있다. 그래서 사람들은 비행기를 타고 여행할 때 영혼을 잃어버리고 영혼이 없는 채로 목적지에 도착한다. 심지어는 시베리아 열차도 영혼이 나는 것보다 빨리 간다.

다와다 요코, [영혼 없는 작가], p. 26

낯선 도시에 영혼이 없는 채로 도착해서 뒤늦게라도 영혼이 도착하기를 기다려야 하는 게 여행자라면, 종일 집과 그 주변을 맴도는 내가 영혼을 잃어버린 느낌을 받는 것은 왜일까? 만약 기차나 비행기를 타고 먼 곳에 내린 여행자처럼 영혼이 따라오지 못할 정도로 내가 부산스럽다면 그건 또 무엇 때문일까?

내가 나 아닌 다른 사람처럼 낯설게 느껴지는 건 드문 일이 아니다. 거리를 지나다가 쇼윈도에 비친 낯선 여자가 바로 나라는 것에 놀라곤 하는 일에도 이제는 익숙해졌다. 습관처럼 하루를 여닫으면서 이렇게 살다가 나 역시 그림책 속 남자처럼 어느 날 갑자기 모든 것을 잊어버리게 되는 건 아닐까? 이곳은 어디이고, 나는 왜 이곳에 있으며, 무엇보다 내가 누구인지도 알 수 없어 기어이 의사를 찾아가 도움을 청해야 하는 건 아닐까? 그리하여 그곳에서 이런 말을 들어야 하는 건 아닐까?

누군가 위에서 우리를 내려다본다면

세상은 땀 흘리고 지치고 바쁘게 뛰어다니는 사람들로

그리고 그들을 놓친 영혼들로 가득 차 보일 거예요.

영혼은 주인의 속도를 따라갈 수 없으니까요.

그래서 큰 혼란이 벌어져요.

영혼은 머리를 잃고 사람은 마음을 가질 수 없는 거죠.

영혼들은 그래도 자기가 주인을 잃었다는 걸 알지만,

사람들은 보통 영혼을 잃어버렸다는 사실조차 모릅니다.

별것 아닌 일들이 꼬이고 얽히다가 하루가 통째로 엉망진창이 되어버리는 날이 있다. 어떻게 풀어나가야 할지 몰라 당황하다가 나도 모르겠다고 주저앉는 날, 그대로 놔두면 곧 제자리를 찾게 되건만 허둥대느라 더 망쳐버리는 날도 드물지 않다. 만약 누군가 위에서 나의 하루를 내려다본다면 저렇게 쓸모없는 일에 마음을 빼앗기다니 종종거리는 것도 다 내 탓이라고 할 것이다.

온라인 서점에 들어가 끝도 없는 신간 목록을 읽어 내려가면서 장바구니에 책을 백 권쯤 담는다. 러시아나 그리스의 관광청 홈페이지를 찾아 들어가 낯선 도시의 이름 모를 뒷골목을 헤매기도 한다. 시베리아를 횡단하려면 며칠 동안 기차를 타야 하는지를 검색하면서 생전 갈 일이 없을 장소의 바람과 햇볕을 상상하다 보면 어느새 저녁 준비를 할 시간이 다가오곤 한다. 그제야 그날 할 일들을 하나도 끝내지 못했다는 걸 깨닫고 뒤늦게 서둘고 허둥대면서 오후의 평안을 깨트린다. 일상적인 균형 감각조차 갖지 못한 나 외에 누구를 탓할 것인가?

그리하여 나는 소용돌이처럼 빠르게 돌아가는 세상을 외면하지도 못하고 달려 나가는 무리에 끼어들지도 못한 채 머뭇거리다가 어느 순간 휩쓸려 허우적거린다. 멈출 수 없는 바퀴 위에 올라타고 내리막길을 달려 내려가는 꼴이라 정신 차리지 않으면 무리의 끄트머리에 매달린 채 어떻게든 놓치지 않으려고 애쓰는 우스꽝스러운 자신을 발견하게 되고 마는 것이다. 그런 내게도 그림책 속 의사가 처방을 내린다. 무리를 잡은 손을 놓아버리라고, 힘겹게 따라가는 걸 그만두라고, 그리고 기다리라고, 나만의 속도를 되찾으라고 알려준다.

아름다운 것들 앞에서 나는 멈춘다. 아름다움은 한결같이 슬픔과 등을 맞대고 있어서 종종 내가 앞으로 나아가는 것을 방해하고, 뒤돌아보게 하고, 울게 한다. 지나고 보면 그런 순간에 내가한 일이 나도 모르게 놓쳤던 영혼을 기다린 것이 아닌가 싶다. 손때가 묻고 헐거워진 느낌이 오래된 사진첩을 들여다보는 것 같은이 책〔잃어버린 영혼〕을 넘기는 것도 그런 일 중 하나다. 빛바랜작은 사진들이 촘촘하게 붙어있는 외가의 대청마루에 올라선 것 같기도 하다.

첫 장을 펼치면 눈 덮인 공원의 모습이 아름답다. 아이들은 스케이트를 타고 썰매를 끌며 눈사람을 만든다. 어른들은 가던 길을 멈추고 서서 혹은 벤치에 앉아서 지켜볼 뿐 좀처럼 아이들 세계에 끼어들지 못한다. 그리고 여기 한 남자가 있다.

그는 숲 저편에서 걸어 나와 한순간도 멈추지 않고 곧장 간다. 남자가 남기고 간 발자국에서 단호한 속도감이 느껴진다. 한 치의 주저함도 찾아볼 수 없다. 저토록 확신에 찬 걸음걸이를 가진 남자가 영혼을 잃어버릴 수 있을까?

혹시 그가 영혼을 잃어버린 '얀'이란 남자일까?

의사의 말대로 남자는 영혼을 기다리고 영혼은 남자를 뒤쫓아 온다. 아이의 모습을 한 영혼은 공원을 지나고 마을을 지난다. 영

혼이 지나는 장소들은 제대로 머무르지 못하고 지나쳐 온, 그래서 돌이킬 때마다 아쉽고 그리운 순간들이다. 영혼이 남자를 찾아오는 동안 남자는 작은 집에 앉아서 기다린다. 마침내 영혼이 지친 어린아이의 모습으로 도착했을 때 남자는 수염이 더부룩하게 자라 있었다. 영혼이 오기를 기다리는 동안 영혼이 없는 남자는 무엇을 했을까.

생각건대 영혼을 기다리는 동안 남자는 긴 책을 썼을 것이다. 다와다 요코가 큰 여행에 대한 이야기는 영혼이 없는 상태에서 만들어진다고 한 이유를 이제서야 알겠다. 누군가 한때 영혼을 잃었다면 그가 영혼을 기다리는 동안 할 일은 바로 그 영혼에게 그들이 함께 하지 못했던 시간을 온전히 되돌려주는 것이 되어야 할 테니까. 그러니 그대는 어느 날 거리를 지나다가 문득 거울 속에서 자신의 모습을 발견하고 소스라치더라도 너무 슬퍼하지 말 일이다. 영혼이 오고 있는 동안에, 그러니까 영혼을 잃어버린 그 때가 영혼을 위해 무언가를 할 수 있는 가장 좋은 때이므로.

드디어 영혼을 만난 남자의 얼굴에
표정이 돌아오고 미소가 보인다.

따뜻한 햇볕을
놓치지 않아서 다행이야

나 하나로는 부족해

장을 봤다. 준비할 것이 많은 날이라 미리 메모지에 적은 물건들
과 식재료들만 카트에 담았는데도 커다란 장바구니 두 개가 넘칠
지경이었다. 양손에 장바구니를 들고 계단을 올랐다. 주차장으로
건너가는 길에 마을버스 정류장이 있었다. 눈이 부실만큼 봄볕
이 화사한 날이었다. 버스 정류장 앞 벤치에 장바구니를 올려놓
고 잠시 쉬기로 했다. 먼데 구름을, 건너편 아파트 단지를, 버스
를 타고 내리는 사람들을 바라보았다. 몇 블록 떨어진 집까지 산

책 삼아 걸어도 좋을 날씨였다.

　마을버스 몇 대가 내 앞에 섰다가 떠났다. 나는 그 자리에 더 머물러서 햇볕도 쬐고 바람도 쐬고 싶었다. 음식 만들 것이 많은 날이었지만 잠깐이라면 괜찮을 것도 같았다. 무엇보다 햇살과 바람이 유혹적이었다. 그때만 해도 아파트에 살던 때여서 햇볕 쬐기를 좋아하는 나는 틈만 나면 밖으로 나와 걸어 다니거나 단지 안 작은 공터의 벤치에 앉아 있기를 즐기는 사람이었다. 모처럼 반짝이는 햇볕 아래 있을 기회를 놓칠 수 없었다. 게다가 최근에 읽은 그림책 〔나 하나로는 부족해〕를 통해 알게 된 한 가지 새로운 삶의 방식을 실천하는 중이었으므로 더더욱!

　표지를 넘기자마자 두 장에 걸쳐 빼곡하게 들어찬 글자들이 보였다. "아!" 하고 감탄사가 절로 나왔다. 자전거 고치기, 옷장 정리하기, 멍멍이와 산책하기. 고양이 먹이 주기. 고모에게 편지쓰기. 전구 갈아 끼우기, 바이올린 연습, 시장 보기, 바지 수선하기, 건전지 사기, 계단 청소하기, 집안일 하기, 공책 사기, 도서관 가기, 세수하기. 그만 피식 웃음이 난다.

세수하기라니! 이건 나랑 똑같잖아. 워낙 느린 데다가 딴짓하기를 좋아하는 사람이라 아침에 하려고 마음먹은 일들을 완벽하게 해내는 날은 거의 없다. 날씨가 좋아서, 읽던 책이 너무 재미있어서, 메모에 적은 일보다 더 급한 일들이 생각나서, 아니면 그냥 귀찮아서 등등의 이유로 끝내지 못한 일들을 헤아리는 저녁이면 미처 지우지 못한 일들이 여전히 남아있는 메모지를 들고 허탈해하기가 다반사였다.

책 속의 레오처럼 나도 메모하기를 좋아한다. 아침에는 '오늘 할 일', 장 보러 가기 전에는 '사야 할 물건들', 명절이나 제사 때는 '만들어야 할 음식들', 가끔은 '하고 싶은 일들'이란 목록을 만든다. '하지 말아야 할 일들'이나 '하고 싶지 않지만 해야 할 일들'이란 목록을 만드는 날도 있다. 목록을 꾸리는 이유는 단순하다. 잘하고 싶기 때문이다.

내가 해야 할 일들을 제대로 해낸 후에 하고 싶은 일들을 마음껏 해보는 것, 그게 내 종종거림의 이유다. 일의 목록이 긴 날은 매일 당연히 해야 할 일들마저 세세하게 적어넣은 경우다. 세수하기나 물 끓이기 같은 사소한 일들을 깜박 건너뛰는 경우도 흔해서 부러 적어두고 확인할 필요가 있다고 생각하던 터에 레오의 목록 속에서 세수하기란 항목이 유난히 반가웠을 것이다. '레오도 나만큼 정신이 없는 게로구나!' 싶었다.

예감이 들어맞았다. 레오 역시 일이 너무 많아서 해도 해도 넘쳐났다. 계획표라도 만들면 도움이 될 것 같았지만 날이 갈수록 계획표만 길어질 뿐 일은 줄어들지 않았다. '내가 하나 더 있으면 좋겠다'란 생각을 하는 레오를 보며 우렁각시 타령을 하던 나를 보는 것 같았다. 레오는 그림책 세상에 살고 있으므로 그런 점에서는 나보다 운이 좋은 아이다. 레오가 둘이 된 것이다. 도움이 더 필요하다고 생각하면 레오는 계속 생겨났다. 둘이 해도 모자라 셋, 넷, 레오는 자꾸 늘어났다. 레오가 늘어날 때마다 해야 할 일도 그만큼 많아졌다.

나도 그랬다. 식기세척기가 있으면 설거지에서 해방될 줄 알았다. 건조기가 있으면 날씨에 상관없이 빨래가 밀리는 일 같은 건 생기지 않을 줄 알았다. 일에 치어 힘겨울 때마다 복제된 레오가 하나씩 늘어나는 것처럼 내게도 살림과 도구가 하나씩 늘어났다. '이런 게 하나 있으면 편하겠다', '이 물건이 있으면 시간을 절약할 수 있겠구나'라고 생각했다. 마치 물건들이 내 삶을 간편하고 손쉽게 만들어줄 것처럼 시작은 항상 그랬다. 그래서 식기세척기를 사고 커피머신을 사고 반죽기를 샀다. 설거지하는 시간을 자신에게 투자하라는 광고의 낭만은 기계가 집에 도착해 설치된 후 며칠이면 사라졌다. 생활에 편리한 도구들을 이렇게 갖추었는데도 일은 왜 좀처럼 줄어들지 않는지, 주방을 가득 채운 도구들을 보면 답답할 뿐이었다.

지쳐버린 레오는 낮잠을 잔다. 다른 레오 아홉 명이 노려보면서 뭐 하고 있는 거냐고 소리친다. 레오가 부드러운 목소리로 꿈을 꾸었다고 대답하자 다른 레오들이 꿈꾸는 건 계획에 없었다고 목소리를 높이지만 이제 레오는 서두르지 않는다.

'어쩌면 혼자로도 충분하지 않을까?'

쏟아지는 봄볕 아래에 앉아있다가 이 정도면 되었다 싶을 즈음 일어나서 마을버스를 탔다. 버스는 아파트단지 사이를 달렸다. 작은 공원에 봄볕이 푸짐하게 내려앉았고 목련과 철쭉과 벚꽃, 라일락 등이 일제히 피어나 버스가 달리는 길은 온통 꽃길이었다. 마음속 깊은 곳에서 뭔가가 녹아내리는 것 같았다. 단단히 뭉쳐서 굳어가고 있는 것만 같았던 숨길이 조금씩 말랑해지기 시작했다.

"그래, 괜찮아. 이 우울과 무기력은 별것 아니야.
그냥 심심하고 지루하고 피곤할 뿐이야.
이렇게 따뜻한 햇볕을 놓치지 않아서 정말 다행이야."

장바구니와 메모지를 들고 지하에 있는 시장을 돌아다니며 카트에 물건을 담을 때만 해도 신발에 징을 박은 듯 무거웠던 발걸음이 훨씬 가뿐해진 것 같았다. 내려야 할 정류장에 다다르기 조금 전에 자리에서 일어나 하차 벨을 눌렀다. 양손에 장바구니를 들고 흔들리는 버스에서 균형을 잡기는 쉬운 일이 아니었다. 버스가 과속방지턱을 넘어갈 때 휘청 몸이 기울었다. 그 순간에 아차 싶었다. 내가 또 황당하고 어처구니없는 일을 저질렀다는 걸 깨달았다. 탄식이 흘러나왔다.

그렇다. 그날은 차를 가져간 날이었다. 장 볼 것이 많다는 생각에 차를 몰고 간 걸 까맣게 잊어버렸다. 내 차는 주인이 마을버스에 태평하게 앉아서 흔들리며 난만한 꽃들 사이를 지나 집으로 가는 동안, 어둑한 주차장에서 속절없이 버려져 있을 터였다. 그날은 그러면 안 되는 날이었다. 그날 해야 할 일들의 목록은 길었다. 그 긴 목록에 대비해 미리 영양제를 먹듯 따스한 햇볕과 살랑거리는 바람 속에 한동안 앉아있던 거였는데 차를 두고 오다니 피식 웃음이 나왔다. 그리고 놀랐다. 귀찮은 일이 생겼는데 웃음이라니.

예전, 아니 며칠 전의 나라면 낙심하고 짜증을 부리느라 어쩔 줄 몰랐을 것이었다. 그림책의 힘이 세다는 걸 다시 한번 실감했다. 이게 다 '레오' 덕분이었다.

그냥 할 수 있는 데까지
천천히 최선을 다해 보자.
차를 두고 온 건 이미 벌어진 일이니
우선 집으로 가서 할 일을 하기.
산책하기 좋은 봄밤이니
저녁 먹고 걸어가서 자동차를 가져오기.

지갑 찾기	계획표 다시 만들기	세탁소에 옷 맡기기
치과 가기	사라 데리러 가기	화분에 물 주기
양말 꿰매기	토요일 약속 취소하기	엄마 선물 사기
물새는 곳 고치기	신문 사러 가기	침대 정리하기
6시 약속	운동하기	
폴에게 돈 갚기	생일 파티 가기	
학원 등록하기	자전거 고치기	
	옷장 정리하기	
아빠에게 전화하기	멍멍이와 산책하기	
알람시계 찾기	고양이 먹이 주기	
축구공 사기	고모에게 편지쓰기	새 모이 주기
예습하기	전구 갈아 끼우기	파티 계획하기

내게도
토끼가 와 주었으면

글은 주로 밤에 쓴다. 워드로 써서 원드라이브에 저장한다. 자동 저장 기능을 켜두었으나 글을 쓸 때마다 백업을 하지는 않았다. 가끔 남편과 아이가 별도의 하드디스크에 백업해 두라고 말했지만 여태 아무런 문제가 없었으니 굳이 필요가 있겠나 싶은 마음이었다. 어느 날 아침 파일이 열리지 않았다. 파일을 복구할 방법을 검색해서 제시된 모든 방법을 시도했으나 소용없었다. 컴퓨터 자체가 문제인가 싶어 점검도 받고 정리도 했지만 열리지 않는 것은 마찬가지였다. 원고는 거의 완성 단계였고 이곳저곳에 흩어져 있는 것들을 하나로 모아서 마무리하던 중 벌어진 일이었기 때문에 초기의 거친 형태로나마 남아있는 원고도 많지 않았다. 지난겨울부터 써왔던 원고였다.

원고를 잃었다고 얘기했을 때 주위의 반응은 처음에는 "어떡하지?"(놀람과 동정), 그다음으로는 "백업을 안 했어?"(비난과 질책), 그리고 "남아있는 글들이라도 다시 모아서 어떻게 해봐!"(포기와 외면), 말은 많았지만 실제로 도움이 되는 건 하나도 없었다.

나 역시 아무 말도 하고 싶지 않았다. 멍한 상태로 하루를 보냈다. 마음만큼 몸도 피곤했다. 기분이 지독했지만 뭘 어쩌겠는가. 나는 누워버렸다. 그리고 잠이 들었다. 얼마나 잤을까. 문득 깨어나서 다시 쓰기 시작했다. 나중에 생각해보니 그때, 내가 잠에서 깨어나 아무 일도 없었던 것처럼 글을 쓰기 시작했을 때가 바로 상황을 제대로 보기 시작한 때였다. 쓰는 것 말고 다른 방법은 없었고, 내가 아닌 누가 대신해서 쓸 수 있는 것도 아니었다. 잠든 동안 아마도 테일러의 토끼가 다녀간 모양이었다.

그래도 내내, 토끼는 제임의 곁을 떠나지 않았어.

코리 도어펠드의 따뜻한 그림책 〔가만히 들어주었어〕에는 토끼가 나온다. 토끼는 낙심한 테일러에게 조심조심 천천히 다가간다. 말없이 체온을 나누어 주는 토끼에게 테일러의 마음이 열린다. 테일러는 토끼에게 자기에게 생긴 일을 이야기한다. 소리를 지르기도 하고 화도 냈다가 웃기도 한다. 토끼가 한 일은 테일러가 말하고 싶은 기분이 들 때까지 기다렸다가 말하고 싶을 때 들어준 게 전부였다. 테일러가 자기 안의 혼란과 낙심과 분노를 풀어 완전히 녹여낼 때까지, 그리고 용기를 얻어 다시 시작할 수 있을 때까지 토끼는 테일러 곁을 떠나지 않는다.

사실 테일러가 만든 성이 사라져 버렸을 때 토끼보다 먼저 찾아온 친구들이 있었다. 어떻게 된 일인지 말해보라는 닭(닭은 궁금했을 뿐), 소리를 질러보라는 곰(소리 지르는 거로 무엇을 해결할 수 있나), 자기가 고쳐주겠다는 코끼리(어땠는지 떠올리고 싶지 않다는 데도), 웃어버리라는 하이에나(웃을 일이 아니잖아), 아무 일 없었던 것처럼 숨어버리라는 타조(어떻게 없던 일로 할 수 있지?), 치워버리라는 캥거루(부서졌다고 버릴 수는 없어)와 다른 아이들

것까지 무너뜨리자는 뱀(그건 나쁜 짓이지)이 계속해서 테일러를 찾아와 나름의 조언을 건네지만, 테일러는 일이 벌어진 직후였던 그때 정말이지 아무것도 하고 싶지 않았다. 친구들은 가버리고 우울한 테일러에게 토끼가 찾아온다. 토끼 앞에서 테일러가 한 일련의 행동들은 앞의 친구들이 이렇게 해보자고 얘기한 것들과 다르지 않았다. 차이가 있다면 그건 테일러가 말하고 싶을 때까지 기다려줬느냐의 문제였다.

사람마다 속도가 다르다는 걸 우리는 종종 잊는다. 토끼는 묻지도 않고 말하지도 않고 뭔가 해 주겠다고 나서지도 않았다. 토끼는 그저 테일러 곁에 머무르며 테일러가 스스로 입을 열 때까지 기다려줬다. 그리고 가만히 들어주었다.

테일러가 말하고 싶을 때에 토끼가 들어주기. 그럼으로써 테일러에게 진정한 염려와 공감을 표시하기, 그래서 테일러 스스로 상황을 헤쳐나갈 수 있도록 지켜보기. 책 제목〔가만히 들어주었어〕의 '가만히'라는 부사는 사실 얼마나 많은 인내와 절제를 포함한 단어인가. 홀로 웅크리고 눈물을 글썽이는 테일러에게 달려

둘은 말없이 앉아 있었어.

가고 싶은 충동을 누르고, 테일러 스스로 말을 꺼낼 때까지 기다리고, 이유를 묻고 공감을 표시하고 방법을 제안하고 함께해주고 싶은 마음을 억누른 모든 과정이 '가만히'라는 부사에 들어있다. 단 세 글자에 용광로 속에서 끓는 쇳물 같은 감정이 숨어있다.

　"당신, 어제도 자면서 나를 꼬집었어."
　아침 식탁에서 남편이 그랬다. '어제도'란다. '어제도'라니. 처음 있는 일이 아니란 소리다. 남편을 때리기도 하는 모양이다. 하긴 요즘 꿈자리가 요란하기는 하다. 잠꼬대하다가 그 소리에 놀라 깨기도 하고 밤새 꿈속에서 헤매다가 지쳐서 아침을 맞이할 때도 있다. 어느 날은 베개가 젖는 날도 있으니, 무심코 손을 얼굴에 가져갔다가 눈물이 버석거리며 말라붙은 걸 발견하고 모래를 쓸어내듯 털어낸 적도 있다. 정확히 무엇 때문에 요란한 꿈을 꾸며 울어대는지 알지 못한다. 식구들의 말에 따르면 혼자 고민하는 무엇이 있느냐는 것인데 그럼 그런 게 없는 사람도 있느냐는 게 내 생각이고.

만약 누군가 〔가만히 들어 주었어〕의 토끼처럼 내 곁에 있어
주고, 얼마가 됐든 기다려주고, 어떤 이야기를 해도 들어준다면
잠꼬대와 울음을 동반한 나의 요란한 꿈꾸기가 멈춰질까? 요즘
의 잠버릇은 말 못 할 고민이 있어서가 아니라 '가만히' 곁에 있
어 주고, 기다려 주고, 들어주는 이가 필요한 때문이 아닐까?

누가 왜 우느냐고 물어봐 줬으면.

그 질문에 대답해봤으면.

넘어져서 무릎이 까졌다고,

저녁노을이 지는데 시장 간 엄마가 아직도 안 오셨다고,

새로 산 구두를 잃어버렸다고,

제일 친한 친구가 전학을 가버렸다고,

첫사랑이었을지도 모르는 남자친구가 사라졌다고,

꺼이꺼이 울어버렸으면 좋겠다.

무겁고 뻐근한 가슴으로 잠이 들어서는 꿈속에서나 마음대로 울 수 있는 사람이 되었다. 잠꼬대하면서 화내고 울었다는 식구들 얘기를 몇 번 들으니 이제는 편히 잠들기도 어렵게 되어버렸다. 사실 나는 잠이 엄청 많은 사람이라 이런 저간의 사정이 슬프고 우습고 또 부끄럽다. 내가 나를 달래고 어르면서 잘도 살아왔구나 싶다가도 억울하고 불쌍한 기분이 든다.

꿈속에서처럼 푸짐하게 울었으면. 누가 "왜 울어?" 하고 물어봐 줬으면. 그에게 내가 우는 이유를 백몇 개쯤 늘어놓았으면. 그렇게 홀가분하고 맑아졌으면. 내게도 토끼가 와주었으면….

'함께'와 '홀로'의
시소 타기

곰씨의 의자

외출에서 돌아올 때 거의 예외 없이 서점에 들른다. 몸이 피곤하고 시간이 없어도 서점 들르기는 웬만하면 거르지 않는데, 그것은 서점에서 보내는 시간만큼 완벽하게 나를 이완시켜주는 시공간을 찾기가 어렵기 때문이다. 게다가 운 좋게 마음에 쏙 드는 책이라도 구할 수 있게 된 날은 하루치 피곤이 순식간에 녹아내리는 듯해서 길을 걷다가 우연히 서점을 발견하기라도 하면 좀처럼 그냥 지나치지 않는다. 〔곰씨의 의자〕도 그렇게 발견한 그림책이다.

연한 올리브그린 색 표지에 부드럽고 온화한 표정과 넉넉한 몸집을 한 곰씨가 책을 읽고 있다. 무심코 책장을 넘기다가 긴 의자에 앉아 있는 곰씨를 봤다. 커다란 몸에 단아한 찻주전자와 찻잔, 반듯하게 접은 담요를 옆에 두고 책을 읽다가 미소를 지은 채 눈을 감고 있는 곰씨의 모습을 보는 순간 나는 그림책을 덮고 바로 계산대로 향했다. 그 안에 내게 보내는 편지라도 들어 있는 것 같았다. 집에 가서 무엇에도 방해받지 않고 느긋하게 책장을 넘기고 싶었다. 마음이 흔들릴 것 같은 예감에 설렜다.

그날, 그림책을 읽기도 전에 곰씨는 여러 번 내 앞에 나타났다. 나는 조용한 곳에서 시를 읽기 좋아하는 곰씨가 찻주전자와 찻잔, 담요를 챙겨서 혼자만 알고 있는 비밀스러운 장소에서 호젓한 시간을 보내는 즐거움이 책 속에 가득할 거라고 상상했다. 더 솔직하게 말하자면 자기가 좋아하는 것이 무엇인지 정확하게 알며 그것을 일상에서 자연스럽게 누리는 특별한 이야기를(그때까지도 책을 보기 전이었으므로 나는 내용이 뭔지 몰랐다.) 가능한 오래 아껴 두고 싶은 마음이었다.

곰씨가 자기만의 의자에서 보내는 시간을 위해 하루의 나머지 시간을 어떻게 나누어 배치하는가, 하루를 장악하는 곰씨의 비결은 무엇인가 생각했다. 시간에 쫓기는 일도, 화가 날 일도 없이 평온하게 유유자적하는 삶을 누리고 있는 곰씨를 나는 금세 부러워하게 될 거라고, 질투가 섞인 한숨을 쉬며 나른한 시간을 보낼 수 있을 거라고 상상했다. 예상은 빗나갔다. 그건 곰씨의 홀로 있음의 평온과 균형에 관한 게 아니라 '함께'와 '홀로' 사이의 갈등과 소란과 치우침에 관한 이야기였다.

아파트에 살던 때였다. 마트에 들렀다가 낙엽이 쌓인 길을 느릿느릿 걸어서 집으로 돌아오는 중이었다. 비록 장바구니는 들고 있었지만, 은행나무가 노랗게 물든 길을 걷다 보니 산책이라도 다녀오는 기분이었다. 경비실을 지나는데 앞집 식구들이 계단에 나란히 앉아있는 걸 발견했다. 가을볕을 쬐는 가족들의 모습이 보기 좋았다.

"안 들어가세요?"

"아, 현관 열쇠를 잃어버려서 애들 아빠 올 때까지 기다리는 중이에요."

처음에는 계단에 앉아있는 그들이 편안하고 느긋해 보인다고 생각했는데 열쇠가 없어 집에 들어가지 못하는 상황을 알게 되니 조금 피곤한 기색이 엿보였다. 나까지 염려가 되었다. 남편이 곧 온다고 연락이 왔고, 날씨도 좋아서 괜찮다고, 소풍하는 기분이라는 앞집 아이 엄마에게 인사를 하고 집에 들어가서 장 봐온 것들을 대충 정리한 후 저녁 준비를 시작했다. 시간이 얼마나 지났을까? 쓰레기봉투를 들고 현관을 나섰는데 '아, 거기' 그들이 아직도 있었다.

가을 해는 짧아서 어느새 아파트 뒤로 넘어간 후라 공기가 차가웠다. 아이들도 아주머니도 지쳐 보였다. 우리 집에 들어와서 기다리는 게 어떻겠냐고, 그러다가 아이들 감기라도 걸리면 어쩔 거냐고 등을 떠밀다시피 집으로 데리고 들어왔다. 찻물을 올리려고 주전자에 물을 받는 순간 어질러진 싱크대 주변이 눈에 들어왔다. 저녁 준비를 하는 중이었으므로 주방이 어수선해도 어쩔 수 없었다. 앞집 식구들은 좀 쉬게 하고 나는 저녁 준비를 계속하면 될 테니까. 오늘은 간단히 만들 수 있는 것들로 메뉴를 바꿔야 겠다고 생각했다.

한적한 숲에 놓여있는 의자, 사방은 고요하고 곰씨는 혼자다. 이곳에 나와 앉기 위해서 곰씨는 부지런했을 것이다. 완벽하게 편안할 수 있는 시간을 만들려면 얼마나 동동거려야 하는지, 그렇게 만든 시간은 누구에게라도 방해받으면 안 된다는 걸 나는 이미 알고 있었다. 아마 곰씨에게 그 의자는 오랫동안 공들여 만든 자기만의 세계였을 지도 몰랐다.

그림책 첫머리에서 지친 탐험가 토끼에게 기꺼이 의자의 한쪽 편을 내어주고 차를 대접하던 곰씨가 중반 이후 왜 토끼들을 의자 밖으로 밀어내기 위해 분투할 수밖에 없는지 지켜보는 건 괴롭다. 이유를 몰라서도, 이해할 수 없어서도 아니다. 그건 곰씨와 토끼 둘 다 잘못이 없는 데다가, 함께 있음의 행복과 홀로 있음의 편안함은 다른 차원의 문제이기 때문이다.

내가 그곳에 가는 이유는, 지금껏 그 어떤 곳에서도 느껴보지 못한 편안함이, 그의 작은 아파트 테두리 안에 있을 때 느껴지기 때문이었다.

앤드루 포터, [빛과 물질에 관한 이론], p. 104

언젠가부터 편안함에 관한 문장을 보면 나는 멈춘다. 아니 맥이 빠진다. '편안하다'라는 건 도대체 어떤 상태일까 생각해본다. 살면서 완벽하게 편안했던 적이 있었는지도 모르겠다. 아마 나는 너무 오랫동안 자연스럽지 않게 살았을지도 몰랐다. 그래서 편안함보다 불편함에 익숙해진 사람일 것이다. 편안함을 이야기하는 문장 앞에서 내가 종종 얼어붙곤 하는 이유는 아마 여기에서 왔을 것이다. 그래서 곰씨가 애써 얻은 편안함을 감싼 울타리가 무너져 내리는 걸 더더욱 보고 싶지 않았다.

처음에 아이들은 엄마 옆에 오종종히 붙어 있었다. 몸이 따뜻해지자 긴장이 풀리는지 이곳저곳 기웃거리기 시작했다. 닫혀있는 방문을 열고 도자기 인형들을 만지작거렸다. 복도를 내달리다가 미끄러지면서 웃음을 터트렸다. 난감해하는 아이 엄마에게 괜찮다고 말은 했어도 슬슬 걱정이 되기 시작했다. 가족들이 돌아올 시간이 다가오고 저녁 준비는 늦어지고 있는 데다가 나도 집 안도 어수선하기만 했다.

'앞집의 문은 언제 열릴까?

쌀을 더 씻어야 하는 건 아닐까?

우리 집 식구들에게 앞집 식구들이 와 있다고 미리 알려줘야 할까?

도대체 앞집 남자는 왜 오지 않는 걸까?

나는 왜 저들을 집안으로 데리고 들어왔을까?

그렇다고 이제 우리 집 식구들이 돌아올 때가 되었으니

당신들은 나가줘야겠다고 말할 수도 없는 노릇이 아닐까?'

곰씨는 토끼에게 혼자 있고 싶다고 말할 수 없었다. 혼자 끙끙 앓으면서 어떻게 하면 과거의 평온함을 되찾을 수 있을지 궁리하는 것이 고작이다. 곰씨는 토끼를 비난하고 싶은 마음은 없으므로 토끼에게 난처한 말을 하지 않고 어떻게든 혼자 해결해 보려고 하지만 신통한 방법이 없다. 곰씨가 새로운 시도를 할 때마다 토끼들 역시 곰씨와 계속 함께 있을 방법들을 고안한다. 결국 곰씨는 혼자 있을 수 없음에 낙담하고 좌절된 시도들에 지쳐 쓰러지고 만다. 토끼는 곰씨와 즐겁게 지내려고 한 것뿐인데 곰씨가 쓰러져버려 당황한다. 곰씨는 울다가 더듬더듬 이야기한다.

"여러분이 좋아요. 하지만 그동안 저는 마음이 힘들었어요.
물론 우리가 함께하는 시간은 소중해요.
가끔은 혼자 있고 싶어요. 저는 조용히 책을 읽고 명상할 시간이
필요해요. 앞으로 제 코가 빨개지면 혼자 있고 싶다는 뜻이니
다른 시간에 찾아와 주세요.
그리고 무엇보다 소중한 제 꽃을 살살 다뤄 주세요.
다시 한번 말하지만 저에게……"

커다란 용기를 내야 했던 곰씨는
무척이나 피곤했습니다.

용기를 내는 일은 피곤하다.

다행히 내가 용기를 쥐어짜야 할 일은 생기지 않았다. 아저씨가 도착해 앞집 문이 열렸다. 그들이 돌아가자마자 아이와 남편도 도착했다. 더 난처한 상황이 생기지 않은 것만으로도 얼마나 다행이었는지 몰랐다.

다시 평화가 찾아왔다. 곰씨가 그토록 지키고 싶어 했던 의자에서 일어나 숲을 거닐고 있는 마지막 장면에서 나는 오래 멈췄다. 곰씨가 지키려 애썼던 혼자만의 의자는 '홀로'의 안온함과 방해받지 않는 시간을 가능하게 하는 동시에 '함께'여서 가능한 즐거움과 소통으로부터 자신을 가두기도 한다는 걸 깨달았다. 곰씨가 의자에서 일어나 숲을 거니는 장면에서 그의 세계가 넓어지는 것처럼 나의 그것도 활짝 열릴 수 있음을 예감했다.

변화는 토끼들에게도 찾아왔다. 그림책 내내 토끼들은 소란스럽고 시끄러운 무리였다. 무채색인 곰씨와 달리 알록달록 요란했고 엉킨 실뭉치처럼 뭉쳐 있기 일쑤였던 토끼들이 곰씨가 걷고 있는 숲 여기저기 흩어져 있다! 이제서야 '토끼들'은 '토끼'로 있을 수 있게 된 것일까?

　'혼자'와 '함께'는 동시에 있을 수 없지만, 서로 자리를 바꿀 수는 있다. 오히려 '홀로'와 '함께' 사이를 빈번하게 오갈수록 우리는 더 강해지고 우아해질지도 모른다. 다만 그걸 위해서는 내 코가 빨개졌다는 걸 보여주는 용기가 필요할 뿐이다. 비록 쉬운 일은 아니지만.

내 안의
고릴라

비 오는 밤, 두 남자가 자동차를 타고 어딘가로 향한다. 뉴욕의
스크리브너스 출판사의 편집자인 맥스웰 퍼킨스와 작가인 토마
스 울프다. 오랫동안 글을 써왔으나 투고한 출판사마다 출간을
거절해왔던 작가 톰과 뒤늦게 그를 발견한 편집자 맥스를 그린
영화 〔지니어스〕의 한 장면이다. 톰과 맥스가 한 재즈바에 들어
선다. 담배 연기가 자욱하고 어둑한 실내는 춤을 추는 사람들과
재즈 리듬으로 출렁거린다. 음악에 별 취미가 없다는 맥스의 말

에 톰은 그렇게 고지식해서 어찌 사느냐고, 좀 느껴보라고, 좋아하는 곡이 하나 정도는 있지 않냐고 되묻는다. 잠시 후 맥스가 생각해낸 건 '불어라 봄바람'이었다. 나도 모르게 웃음이 터졌다. 설마 음악 시간 피아노 반주에 맞춰 부르던 바로 그 미국 민요를 말하는 걸까? 재즈바에서 '불어라 봄바람'이라니!

　톰은 곡 이름을 적어 연주자에게 건넸다. 잠시 후 흘러나오는 트럼펫의 반듯한 음색은 분명 내가 아는 그 '불어라 봄바람'이었다. 나른하게 일렁거리던 재즈 바가 순간 경직된다. 귀에 익은 음악이지만 지나치게 정확하고 정직한 음색이라 영화를 보는 나도 영화 속 인물들도 갑자기 햇볕에서 그늘진 골목으로 접어든 듯 멈칫거린다. 물론 맥스는 태연하다. 그게 맥스의 세상이었다. 오선지에 그려진 음표대로 메트로놈의 추가 움직이는 것처럼 정확하고 질서 잡힌, 꼭 학교 음악실에서나 들을 수 있을 법한 연주는 그러나 다음 순간 재즈로 바뀐다.

　나는 내 귀를 의심했다. 정지 화면 같았던 재즈 바의 공기가 다시 출렁거렸다. 잠시 의아해했던 사람들 얼굴에 안도의 미소가 번지고 앉아 있던 이들이 누가 먼저랄 것도 없이 일어나 춤을 추기 시작한다. 톰이 맥스에게 한번 느껴 보라고 했던 말은 사실 필요 없는 말이었다. 곧 맥스도 리듬에 맞춰 발을 까딱거리고 무릎을 흔들다가 기어이 웃음을 터트린다.

맥스는 진지하고 정중한 사람이다. 정확한 문장을 구사하고 반듯한 옷차림에 언제나 모자를 쓰고 있다. 사무실에서 원고를 볼때는 물론 식구들과 식사를 할 때조차 모자를 벗지 않는 맥스다. 웃음이라면 평소 보일 듯 말 듯한 미소가 전부인 사람이 음악에 몸을 맡기고 리듬에 맞춰 무릎을 흔들 때 톰이 하는 말.

"네 안에서 추한 고릴라가 슬슬 걸어 나오고 있어!"

피터 레이놀즈의 그림책 〔느끼는 대로〕의 레이먼은 그림 그리기를 좋아한다. 어느 날 레이먼이 그린 꽃병을 보고 형이 도대체 무엇을 그리고 있는 거냐며 비웃자, 레이먼은 그만 혼란에 빠진다. 그동안 느끼는 대로 그림을 그려 왔던 레이먼은 이제 똑같이 그리려고 애를 쓰지만 그건 너무 어려운 일이었다. 결국 시무룩한 표정으로 더는 그림을 그리지 않겠다고 연필을 내려놓는 레이먼이 꼭 나와 같았다.

버스 정류장 광고판에 아름다운 여자가 붉은 입술을 반짝이며 화사하게 웃고 있었다. 버스가 온 것도 모르고 그 미소에 혹해서 바라보다 그만 차를 놓쳤다. 다음 버스를 기다리는 대신 화장품 매장을 찾아 들어갔다. 붉은 립스틱을 사러 갔으나 계속 핑크 베이지나 내추럴 베이지 근처에서 맴돌다가 결국 바른 듯 보이지도 않을 광택 없는 립글로스를 산다.

보나 마나 제대로 사용하지도 못할 화장품 하나를 사겠다고 집에 가는 버스를 몇 대나 그냥 보내 버렸다. 저녁을 먹고 털썩 주저앉아 앞에 놓여 있던 책의 아무 곳이나 펼쳐 읽는다. 립글로스는 가방에서 꺼내지도 않았다. 그렇게 종일 머뭇거린다. 마트에서는 나란히 놓인 세제들 사이에서 무엇을 집어들 지 고민하고, 외출하면서 가방에 어떤 책을 넣을지, 빵집에 가면 우유 식빵을 살지, 생크림 식빵을 살지 끊임없이 망설인다.

사실 같은 것을 가지고도 좋았다가 싫었다가 하는 게 다반사라 내게는 모든 것이 처음일 수밖에 없다. 어제 좋았던 게 오늘은 별로일 때가 있고 지금 마음에 들지 않는 것들이 언젠가 좋아질지 모른다는 걸 인정한다. 많으면 좋을 것 같아 욕심내 모아둔 것들이 쓸모없는 잡동사니처럼 여겨지기도 한다. 그래서 가능하면 좋아하고 싫어한다는 말도 좀처럼 하지 않는다. 그러다 보니 내가 뭘 좋아하는지, 어떤 사람인지 점점 모르게 되었다. 가능하면 좋고 싫은 것의 차이가 극명하지 않은 것, 눈에 띄지 않고 무난한 것들을 선택하는 이유는 혹시 모를 잘못된 선택의 위험을 줄이고자 하는 본능적인 방어책일 것이다. 결국 언제나 적당한 선에서 타협하게 되는데, 더욱더 나쁜 건 적당한 것이라는 게 늘 좋은 선택은 아니라서 종종 가장 좋아하는 것을 포기해야 한다는 것이다.

누군가 나의 이런 주저와 변덕에 관해

묻거나 설명을 요구하면 나는 그만 얼음처럼 굳어버리고 만다.

소심하고 숨기 좋아하지만 잊히기를 원하는 건 아니고,

도드라지는 건 부담스러우나

남들과 똑같아지는 것 역시 피하고 싶은,

첫 번째가 될 능력은 없지만 두 번째는 싫은 사람.

누군가 비웃을까 봐

느끼는 대로 표현하지 못했던 때의 레이먼과 다를 게 없다.

나도 망설임과 머뭇거림에서 벗어나

느끼는 대로 그리는 레이먼처럼 말하고 쓸 수 있을까?

　레이먼이 그림을 다시 그리게 된 건 여동생 마리솔 덕분이었다. 레이먼이 똑같이 그리려다 실패하자 구겨서 던져버린 그림들을 주워 모아 간직해 온 마리솔은 꽃병을 그렸는데 꽃병처럼 보이지 않는다는 레이먼에게 구원의 말을 건넨다.

"그래도 꽃병 느낌이 나는걸."

나는 자신과 자신의 방식에 대한 확신이 있나? 어떻게 살 것인가에 관한 확신은 차치하고서라도 물건이나 스타일에서도 취향이라고 부를 만한 것조차 갖고 있지 못한 건 아닐까. 이것도 아니고 저것도 아닌 어정쩡함, 나도 모르게 내면화한 비겁한 적당함. 언제부터 대충 묻어가는 것이 편할 거라는 인식이 내 안에 자리 잡았을까?

우리는 즐거운 수다에 참여하다 보면 시간이 어떻게 가는지 모른다. 말의 양도 양이지만 대화 중간에 멈춤과 헤맴의 시간이 많기 때문이다. 김수환은 자신을 기쁘게 하는 대화에는 머뭇거림이 있는 말이 가득하다고 했다. 그런 말은 얼굴을 마주한 사람 앞에서 바로 그 자리에서 즉석으로 생각나고 하고 싶은 말이라는 것이다.

심보선, [그족의 풍경은 환한가], p. 111

그렇다. 나는 인생과 마주할 때 항상 머뭇거린다. 시인의 말처럼 멈추고 헤매느라 '어', '글쎄', '음'과 같은 음절로 시작하는 문장을 느릿느릿 뱉어낼 수밖에 없는 건 이 나이가 되어도 삶의 매 단면에 도통 익숙해지지 않기 때문이다. 골목길을 돌 때마다 마주치는 낯선 풍경 앞에서 시인처럼 나도 기꺼이 즐거워할 수 있을까?

불확실함으로 가득 찬 삶이란 얼마나 분주한가? 정해진 것 없이 아침마다 온전히 처음부터 다시 시작해야 하는 삶의 고달픔, 만약 미미하게나마 내게 변하지 않는 것이 있다면 아마 '아름다운 것' 정도가 아닐까? 가능한 끝까지 밀어붙이자고 다짐하면서도 매일 실패하는 나, 버릇처럼 적당하고 무난한 선택을 거듭하는 나에게 시인의 문장은 참으로 적절한 위안이 아닐 수 없다. 영화 속 토마스 울프가 말한 것처럼 틀에 박힌 건 집어치우고 창조자가 되어 황무지를 개척하려면 먼저 내 안의 고릴라를 불러내야 한다. 레이먼이 한때 겪었듯이 의혹과 불신의 늪을 지나 스스로에 대한 신뢰를 찾을 때까지.

언제 변할지 몰라

더 즐겁고 재미있고 아름다운 머뭇거림,

느끼는 대로 산다는 것이

어쩌면 이런 것 아니냐는 생각으로

위안을 삼는다.

이제 나는
그때가 좋았던 걸 안다

날 좀 그냥 내버려 둬

몇 년 전, 그러니까 아침이면 남편과 아이가 각자 회사와 학교로
향했던 시절에 나는 매일 바빴다. 시간 맞춰 일어나 도시락을 싸
고 아침을 준비했다. 두 사람이 탄 차가 집 앞 골목을 돌아 나가
면 그때부터 혼자였다. 세탁기를 돌리고 마당과 화분에 물을 주
며 하루를 시작했다. 시장이나 우체국에 다녀오기도 하고 가끔은
친구도 만났다. 하루가 얼마나 짧은지 금세 점심때가 지나고 저

녁 준비를 할 시간이 오곤 했다. 식구들은 아침에 일찍 나가는 만큼 저녁 귀가 시간도 일러서 손도 느리고 걸음도 느린 나는 늘 시간이 부족해 종종거렸다. 가끔은 저녁 식사를 하는 중에 연신 하품을 하거나 졸기도 해서 빈축을 샀다. "종일 뭐 하는 데 그렇게 힘들어하는 거야." 이런 말이 왠지 비난처럼 들려 서운할 때도 많았다. 그런 사정이었으니 식구들이 정해진 시간표를 따를 필요가 없어지자 나도 덩달아 해방이 된 듯싶었다. 남편이 이제 자기는 곧 은퇴할 것이고 아이의 공부도 끝나가니 하고 싶은 걸 해보라는 말을 할 때는 그 일이 정말 이루어질 줄 알았다.

남편이 은퇴했다.

우린 매 일 온 종 일 함께 있다.

이제 더는 날이 채 밝기도 전에 일어나서 아침 준비를 하고 도시락을 쌀 필요가 없다. 정해진 시간에 해야 하는 일들이 뭉텅이로 사라졌다. 종종걸음을 치지 않아도 되겠다고 생각했다. 아침에 일찍 일어날 필요가 없으니 새벽이 오도록 잠을 물리치며 책을 읽거나 바느질을 해도 괜찮을 거라고, 남편이 출근을 안 하니 나도 그 비슷하게 느긋해질 수 있을 거라고, 매인 데가 없으니 그렇게 살아도 괜찮겠거니 생각했다. 단순하고 느긋해진 건 남편의 일상인데 나는 내 일상도 그렇게 변할 거라고 여겼다.

그게 착각이었음을 알아차리는 데는 많은 시간이 필요하지 않았다. 사는 게 생각대로 되는 게 아니라는 것에 익숙해질 때도 되었건만 여전히 기대하고 실망하기를 반복하며 살고 있으니 언젠가 더이상 몸으로 겪지 않아도 사물과 삶의 이치를 헤아릴 수 있을 때가 오기는 할지 답답하다.

이제 나는 그때가 좋았던 걸 안다. '그때', 식구들이 집에서 나간 후 혼자 있는 시간에 그렇게 끊임없이 움직여야 했던 이유는 바로 '나'에게 있었다. 내가 종일 동동거린 건 살림만 하느라 그런 것이 아니고 살림 아닌 일에 끝없이 욕심을 부리느라 그런 거였다. 해야 할 일에 하고 싶은 일들을 끼워 넣은 건 다른 누구도 아닌 바로 나 자신이었다.

밥하고 설거지하고 빨래하는 사이사이에 끊임없이 딴짓을 했다. 마당에 물을 주다가 무지개를 만들어 물장난을 했고, 장을 볼 때 어떤 음식을 만들겠다는 생각도 없이 예쁘고 신기한 모양으로 눈길을 끄는 야채나 과일을 사 들고 와 낯선 음식을 만드느라 수선을 피웠다. 아무것도 안 하고 멍하니 있거나 책에 깊이 빠져 있다가 오후가 되어 시간에 쫓길 때도 많았다. 살림과 살림 아닌 딴짓이 무리 없이 섞일 수 있었기에 살아낼 수 있던 시절이었다. 그때 내 삶이 얼마나 아슬아슬하게 균형을 잡고 있었는지, 중간중간 그런 딴짓들이 없었다면 아마 견디기 어려웠을 거라는 걸 이제서야 알게 된 것이다.

베라 브로스골의 〔날 좀 그냥 내버려 둬!〕를 처음 본 순간의 느낌을 한 문장으로 옮기기는 어렵다. 날 좀 그냥 내버려 두라니, 이런 말을 이렇게 큰 목소리로 할 수도 있구나, 보따리를 짊어지고 집을 나가버릴 수도 있구나, 방해받지 않고 한동안 홀로 지낼 수도 있겠다 싶었다.

할머니는 뜨개질을 좋아한다. 아이들 때문에 좀처럼 일을 할 수가 없게 되자 할머니는 뜨개질감을 싸 들고 집을 나간다.

"날 좀 그냥 내버려 둬!"

온 동네에 다 들리도록 큰소리로 외치듯이 말하고 성큼성큼 걸어 나간 할머니는 깊은 숲속에 자리를 잡고 뜨개질을 하기 시작한다. 그런데 귀찮게 구는 아이들이 없어도 할머니 마음대로 뜨개질을 하기 어려운 것은 그곳도 마찬가지였다. 성가시게 구는 사람만 없으면 마음껏 하고 싶은 일을 할 수 있을 거라는 생각에 털실이 든 자루를 짊어지고 이곳저곳을 떠돌지만, 결과는 항상 같았다. 산꼭대기에서도, 심지어 달에서도 마찬가지였다. 어딜

가도 누군가가 있었다. 할머니가 마지막으로 찾은 곳은 캄캄하고 조용하고 텅 빈 웜홀(wormhole, 다른 시공간을 잇는 우주 구멍)이었다. 아무도 없는 그곳에서 만큼은 무엇 혹은 누구의 방해도 받지 않고 마음껏 뜨개질을 할 수 있었다.

털실이 다 떨어진 후 차곡차곡 쌓인 서른 벌의 스웨터를 바라볼 때 할머니의 흐뭇한 표정이 문득 혼자인 걸 알았을 때의 표정으로 달라지는 장면은 비록 순간이지만 그 사이가 아득하게 멀어져 바라보고 있던 나마저도 깊은 침묵에 빠져버리고 만다.

'우리가 무언가를 간절히 원하는 건 왜일까?'

모두 없어지고
...른 병이 생겼어요.

그리고 할머니는 혼자였어요.

아이를 위해 옷을 짓느라 정작 아이를 내버려 두어 울리거나, 더 좋은 것을 갖기 위해 지금도 좋은 여러 가지를 포기하고, 언제가 될지 모르는 안락과 편안한 삶을 위해 오늘의 평온을 해치면서까지 웜홀 안에서 또 다른 웜홀을 찾느라 분주한 우리들이 무엇을 위해 웜홀을 찾고 있느냐는 질문에 대답할 수 있을지 의문스러웠다.

고작 한 페이지에 불과한 거리가 한없이 멀고 깊게 느껴져서 쉽게 책장을 넘길 수 없었다. 할머니는 스웨터를 자루에 넣어 둘러매고 집으로 돌아가는 것으로 명쾌하게 그 난감함을 해결한다. 떠날 때처럼 당당하게 돌아온 할머니는 다시 아이들에게 둘러싸인다.

지금 생각해보니 새벽에 일어나 도시락을 싸던 때, 식구들의 귀가 시간에 맞추느라 외출했다가도 허둥지둥 돌아오기에 바빴을 때, 시간에 맞춰서 밥을 짓고 빵을 굽느라 알람을 서너 개씩 맞춰 놓던 그때가 오히려 내게는 웜홀에서의 시간이었다.

완벽하게 홀로 있을 수 있었으므로 "날 좀 그냥 내버려 둬!"란 말은 할 필요도 없었다. 쌓인 설거지와 세탁종료를 알리는 알람 소리 정도는 무시할 수 있었다. 온갖 것들을, 책과 바느질감과 식재료들을 그대로 늘어놓고 바느질을 하고 책을 읽고 풀을 뽑았다. 매일 하는 일들이 지루한 것도, 힘에 부친다는 것도 깨닫지 못했던 건 내가 온전히 장악할 수 있는 시간이 있어서 가능했다는 걸 알지 못했다.

이제 난 할머니를 부러워하지 않아도 될 듯싶다. 물론 혼자 있을 수 있는 장소를 찾아 짐을 쌀 때마다 온 마을에 다 들리도록 날 좀 그냥 내버려 두라고 소리칠 수 있는 거리낌 없음은 여전히 닮고 싶지만, 색도 소리도 사라진 웜홀에서 뜨개질을 마친 할머니의 표정을 떠올리면 웜홀은 정중하게 사양하고 싶어진다.

남편은 화분들에 물을 주다가 식물을 키우기가 얼마나 어려운지에 관해 동의를 구하거나, 히아신스의 꽃봉오리가 올라온 걸 보여주고 싶어 한다. 여분의 설탕과 보리차를 어디에 보관하고 두통약과 반창고와 벌레 퇴치 스프레이를 어디 뒀는지 남편과 아이는 매일 잊어버린다. 정신을 바짝 차리고 있지 않으면 종일 남편과

아이, 주방에서 놓여나지 못하기 십상이지만 나는 이제 누군가를
향해 날 좀 그냥 내버려 둬 달라고 소리 지르는 대신 스스로 나만
의 공간과 시간을 순간적으로 만들어내는 방법을 익히고 있다.

그건 마치 가까운 곳에 있는 작은 웜홀 같다.

머리가 핑 돌 정도로 달콤한 초콜릿,
좋아하는 작가의 책 몇 권,
욕조에 찰랑거리게 받은 따끈한 물,
얼음을 가득 채운 홍차,
창문을 열고 듣는 밤의 새소리….

요즘 내가 꾸미고 있는 작은 음모는 끊임없이 남편과 아이를
귀찮게 하고 성가시게 해서 그 둘이 언젠가 내게 다음과 같이 말
하는 것을 듣는 것이다.

"날 좀 그냥 내버려 둬!"

매일 엘리자베스일 수는
없겠지만

날이 갈수록 평온한 삶이란 직소 퍼즐처럼 여겨진다. 비슷비슷
해 보이지만 아귀가 완벽하게 들어맞지 않으면 맞아 들어가지 않
는 퍼즐 조각들을 하루에 몇 개씩 끼워 넣어가며 살고 있는 것처
럼 느껴진다. 맞는 자리에 빈틈없이 맞아떨어지는 조각을 끊임없
이 찾아내고 만들어야 하는 일들에 나는 지친다. 맞는 조각을 찾
아내지 못할까 봐 안달하고 애써 찾은 조각이 맞지 않을까 내내
불안해하다가 긴장을 풀어도 되는 시간이 오면 어쩐지 억울하고

불안한 마음이 울컥 찾아온다. 분주했던 낮 동안 억눌렸던 감정들이 저녁이면 솟아 나와 봇물 터지듯 터진다. 나는 나를 언제쯤 완벽하게 풀어놓을 수 있을까? 나는 언제 자유롭다고 느낄 수 있을까?

　내가 알고 있는 사람 중에서 가장 자유로운 이는, 그러니까 좋아하는 것에 완벽하게 몰입한 삶을 사는 사람은 데이비드 스몰과 사라 스튜어트의 그림책 〔도서관〕에 있다. 주인공 '메리 엘리자베스 브라운'이다. 그녀가 좋아하는 것은 오직 책 읽기다. 엘리자베스 브라운이 손수레에 책을 가득 싣고 책에 얼굴을 묻다시피 들이댄 채 읽으며 걸어가는 표지를 보는 순간 나는 압도된다. 책 속 이야기에 정신이 팔려 손수레에 실은 책들이 떨어지는 것도 알아채지 못한다. 책들은 마구잡이로 의자 위에 쌓이고 마룻바닥에 널린다. 책 무게로 책장 선반이 부서져도 상관하지 않는다. 엘리자베스에게 책은 소중히 간직해야 할 무엇이 아니라 읽을 수 있으면 족한 것이다. '책을 그렇게 읽어서 뭐 하느냐고?' 엘리자베스에게 그런 건 필요 없는 질문이다. 뭔가 쓸모 있는 일을 도모

하고자 한다면 그렇게 완벽히 즐겁기만 할 리가 없지 않은가. 책은 읽을 수 있으면 족하고, 책이라는 물건 자체는 별 의미가 없었다. 그래서 읽고 난 책들은 찻잔을 올려놓는 받침대로 쓰거나 아이들 장난감으로 써도 상관없었다.

엘리자베스는 책을 읽을 수만 있다면 그 외의 것들은 아무래도 괜찮았다. 책 생각을 하느라 수업에 집중하지 못했고 한밤중에 책을 가지러 친구들을 찾아가도 실례라고 생각하지 않았다. 책이 있으니 다른 것들은 부족해도 괜찮았다. 감자 칩도 필요 없고 새 옷도 자전거도 비단 리본도 필요 없었다. 책만 읽을 수 있다면 모든 게 만사형통이었다. 하다못해 길을 잃었을 때조차 그곳에 눌러앉아 살면 그만이었다. 이토록 얽매인 게 없는 사람이 또 있을까?

그림책 속 엘리자베스와 현실의 나는 둘 다 책을 좋아하고 눈이 나쁘다. 데이트하거나 친구들과 밤을 새워가며 파티를 하는 것보다는 책 읽기가 더 좋다. 장에 갈 때는 메모를 한다. 잠자리에서도 늘 책을 끼고 누워 잠들 때까지 책을 읽는 것도 닮았다. 그러나 엘리자베스가 책이면 족한 것과는 달리 나는 이곳저곳을 기웃거리며 하고 싶은 것도 갖고 싶은 것도 많은 사람이다. 메모를 잃었을 때 엘리자베스는 그냥 돌아오지만 나는 머리를 쥐어짜며 메모지에 적은 것들을 기억해내려 애쓴다. 나 역시 끊임없이 책을 사들이지만 일정 수준 이상으로 늘어나지 않도록 나름 신경을 쓴다. 책을 읽다가 두부조림을 태우거나 국을 졸아들게 만들 때마다 자신을 책망한다. 그러니까 나는 〔도서관〕의 엘리자베스 브라운처럼 책에 온종일 몰입할 수는 없다. 그녀가 더이상 책을 사들일 수 없는 현실을 해결하는 방법은 얼마나 통쾌한가. 그녀는 집과 책을 마을에 헌납해 버리고 친구와 함께 산다. 복잡할 게 없다. 그녀는 평생 그렇게 산다. 순도 높은 자유는 완벽한 몰입과 함께 온다.

그녀는 한밤중에 이불을 뒤집어쓰고 책을 읽는다. 의자에 몸을 파묻고 다리를 창틀에 올리고 물구나무를 선 채로 책을 읽는 그녀의 자세는 우리가 익히 알고 있는 올바른 책 읽기의 그것과는 거리가 있다. 책에 정신을 빼놓고 있다가 문설주를 들이받거나 책 무게 때문에 책장이 부서져도 상관하지 않는 책 읽기란 대체 어떤 것일까? 그림책 전체에서 엘리자베스가 책에 집중하지 않는 몇 안 되는 장면 중 압권은 사방에 가득 둘러싸여 마치 성채처럼 보이는 책더미 속에서 그녀가 집안에 더는 책 쌓아 둘 공간이 없다는 사실을 발견하는 순간이다. 엘리자베스 브라운의 망연자실한 얼굴을 볼 때마다 나는 가슴이 철렁한다.

어쩌면 정돈된 일상이 흐트러진 그것보다 더 답답할 수 있다는 걸 아는 나이가 되었다. 좋아하는 일들이 꼭 쓸모 있는 일이 아니어도 괜찮다는 것도 알게 되었다. 〔도서관〕은 반듯하고 옳은 것들, 규칙과 질서가 나를 옥죄는 듯 답답하게 여겨질 때 펼쳐보는 그림책이다. 세상일이란 모름지기 이러이러해야 한다는 도식을 견뎌내기 어려울 때 〔도서관〕으로 도망친다. 그림책 속 엘리자베스 브라운을 보고 있으면 그녀의 몰입에 자연스럽게 동참하게 된다. 비록 잠깐씩이라도 그런 몰입을 경험해 본 적이 있는 나는 그 찰나의 매력을 잊을 수가 없다. 필요한 건 오직 한 가지, '책'이다. 그 한 가지만. 내가 좋아하는 것만, 그것이 무엇이든 완벽하게 몰입할 것. 다른 것은 어떻게 되든 상관없는 시간을 가질 것. 그걸 '자유' 아닌 다른 단어로 표현할 재주가 내게는 없다.

난데없이 울컥할 때가 있다.

이유를 알 수 없으므로 왜 그러냐는 질문에 대답할 수도 없다.

느닷없이 찾아오는 울컥은 하루가 거의 끝나갈 때쯤,

욕실에서 따뜻한 물을 양손으로 받아 얼굴에 끼얹을 때,

혹은 젖은 얼굴을 수건에 파묻을 때 불시에 나를 공격한다.

특별히 힘든 날이어서도 아니고,

마음을 짓누르는 부담감으로 가슴이 터질 것 같은 날이라서도 아니다.

여느 때처럼 무난하고 평온했던 날

갑자기 터지는 울컥은 나를 얼마나 당황하게 하는가.

눈과 입과 귀를 수건으로 감싸고 잠시 흑흑하다가 고개를 들면

충혈된 눈이 거울 속에서 의아한 듯 나를 보고 있다.

한바탕 울었으니 개운한가.

숨통이 트인다. 안심이다.

매번 엘리자베스일 수는 없지만 가끔은 가능하다.

그게 인생이다.

느리게
빨래가 마르는
오후

도깨비를 빨아버린 우리 엄마

빨랫줄은 길고 높았다. 대문에서 현관으로 걸어 들어오는 길 양
편에는 채송화와 키 작은 금계화가 피었는데 빨랫줄은 그 위로,
그러니까 대문 부근부터 시작해서 안마당이 시작되는 곳까지 뻗
어 있었다. 겨울이면 빨랫줄에 널린 빨래들은 얼어붙어 마치 벌
받는 아이들처럼 뻣뻣해졌다가 바람이 불면 두꺼운 골판지처럼
퍼덕였다. 볕이 짧은 오후에 엄마가 빨래를 걷어 난로가 있는 안
방에 부려 놓으면 밖에서 얼고 마르기를 반복하던 빨래들은 부드

럽게 수그러들면서 조금씩 축축해졌다. 우린 그 빨래들을 난로의 연통에 걸거나 방바닥에 나란히 늘어놓아 말렸다. 빨래가 마르면서 방안에서는 겨울바람에 섞인 비누 냄새가 희미하게 났다. 어른이 된 지금 어쩌다가 그 특유의 냄새를 맡게 되면 어린 시절 난롯가에서 말라가던 빨래들이 생각난다. 청결함에, 엄마의 수고에 냄새가 있다면 아마 그 시절 빨래 냄새가 아닐까 한다.

  이불을 뜯어서 세탁하는 날은 평상시 빨래하는 날과 달랐다. 물에 젖은 홑청들은 엄청 무겁고 부피도 커서 내가 빨래통에 들어가 밟거나 엄마가 방망이로 아무리 두들겨도 좀처럼 수그러들지 않았다. 커다란 솥에 삶아서 여러 번 헹궈야 했다. 드디어 빨랫줄에 널린 홑청들은 어린 내게는 눈부시게 희고 끝도 없이 이어진 장막처럼 보였다. 두 장으로 겹쳐진 홑청 사이로 들어가 눈을 감고 고개를 들어, 내 얼굴 위로 젖은 면직물이 스쳐 지나가도록 걷는 것이 나의 놀이였다. 홑청들이 나를 감싸고 있었으므로 나는 그 속에서 빙그르르 돌거나 뛰어오르다가 빨랫줄을 받쳐 놓은 장대를 건드려 애써 마친 빨래를 망치고 혼쭐이 나기도 했었다.

홑청이 마르면 엄마는 그것들을 반듯하게 접어서 다듬잇돌 위에 올려놓고 방망이로 두드렸다. 다듬이질하는 날엔 으레 누군가가 엄마와 마주 앉아 있었다. 이모나 외할머니, 혹은 옆채에 사는 아주머니는 엄마와 다듬잇돌을 사이에 놓고 다듬이질을 했다. 품과 시간이 많이 들어가는 일이어서 옆에서 지켜보는 나로서는 지루하기만 한 일이었다. 다듬잇방망이 소리를 자장가 삼아 낮잠에 빠졌던 날도 여럿이었을 것이다. 그 일은 좀처럼 끝나지 않아서 온 집안이 다듬이질 소리로 가득 찼다가 적막에 잠기기를 셀 수 없이 반복한 후 해가 낮게 기운 오후 늦게나 되어서야 끝이 났다.

다듬이질을 마친 홑청은 차갑고 매끄러우며 탄력이 있었다. 살아 움직일 것 같은 홑청들을 대청마루에 펴고 이불을 꿰매는 날의 기억은 고요와 함께 온다. 온 동네가 그날이 우리 집 이불을 꿰매는 날이란 걸 알기라도 하듯 찾아오는 이도 없고 바삐 해야 할 다른 일도 없어 집안은 조용했다. 오직 실을 꿴 바늘이 빳빳하게 다듬질한 홑청과 목화솜을 한 번에 뚫고 지나며 튕기듯 가볍고 맑게 울리는 소리가 전부다. 그렇게 빨고 다듬고 꿰맨 이불을 덮고 자라서 어른이 되었다.

이제 나는 세탁기로 빨래를 한다. 세탁할 때마다 다시 꿰매는 수고 없이 리본으로 묶거나 버튼이나 지퍼로 마감할 수 있도록 만든 이불을 덮고 잔다. 다듬이질도 안 하고 이불 홑청을 꿰매지도 않지만 조금은 살림의 맛을 안다. 삶은 달걀 껍데기가 한 번에 매끈하게 벗겨져 하얀 속살이 드러날 때, 반듯하게 접은 보송한 수건들을 욕실 선반 위에 올릴 때, 유리컵들을 그릇장에 나란히 세우고 그 맑음에 감탄할 때의 작은 감동을 즐길 줄 알게 되었다. 그것이야말로 〔도깨비를 빨아버린 우리 엄마〕에서 빨래를 마친 엄마가 "아, 빨래를 널고 나니까 속이 다 후련하구나!"라고 말할 때의 바로 그 기분일 것이다.

〔도깨비를 빨아버린 우리 엄마〕에는 빨래하기를 좋아하는 엄마가 나온다. 엄마는 보이는 것마다 모두 빨아버린다. 집 안에 있는 모든 것을 빨고 보니 빨래를 널 곳이 모자라서 숲의 나무들에까지 빨랫줄을 맨다. 숲 사이로 보이는 알록달록한 빨래들이 궁금해진 천둥번개도깨비가 무엇인가 보려고 가까이 다가왔다가 빨랫줄에 걸리자 엄마는 도깨비도 빨아버린다. 빨아서 납작해진

도깨비를 두드려 반듯하고 통통하게 만든 후, 지워진 얼굴은 아이들을 시켜 다시 그리게 한다. 건방지고 더럽고 단정치 못했던 도깨비는 예쁜 아이가 되어 하늘로 돌아간다. 다음 날 도깨비들이 수도 없이 몰려온다. 빨아 달라고, 씻겨 달라고, 예쁘게 해 달라고 아우성친다. 엄마는 놀라지도 않고, 겁을 내지도 않는다. 여전히 위풍당당하게 도깨비들에 마주 서서 소리친다.

"좋아, 나에게 맡겨!"

그림책 속의 그녀는 뒷모습까지도 당당하다.

나는 많지도 않은 식구들의 식사를 준비하는 일만으로도 힘에 부칠 때가 있다. 끼니때마다 거를 수 없는 설거지와 매일 쌓이는 빨랫감, 어느 곳이든 가리지 않고 내려앉는 먼지 앞에서 주눅 드는 사람이다. 어제 완벽하게 끝냈다고 생각했던 일이 오늘 아침 더 많아진 설거짓감, 한결 커진 빨래 더미가 되어 내 앞에 놓여도 한숨 대신 "좋아. 나에게 맡겨!"라고 외칠 수 있다면 얼마나 좋을까?

가끔 나도 모든 것을 빨고 싶다.
나까지 포함해서 말이다.
그림책 속 엄마처럼 소매를 둘둘 말아 걷어붙이고
빨래 광주리 속에 구질구질한 일상을 쓸어 담아
깨끗하게 빨고 싶다.
보푸라기 하나, 거품 한 방울 남지 않게 헹군 후
빨랫줄에 널어 빛이 바랠 정도로 바싹 말리고 싶다.

그림책의 엄마가 나무 기둥에 묶은 빨랫줄에는 주전자, 바구니, 부채, 닭과 오리, 인형, 고무장갑과 빗자루와 시계, 구두. 인형과 모자와 아이들, 강아지와 고양이까지 매달려 있다. 내 주변의 사물들, 바라보고 사용하고 입고 신는 것들, 음식을 만들고 먹을 때 필요한 온갖 도구들, 일상을 구성하는 모든 것들이 빨랫줄에 걸려 있다. 이까짓 것쯤 아무것도 아니라고, 한 번에 몽땅 휩

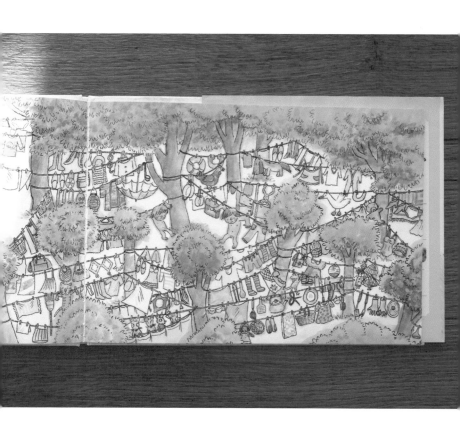

쓸어 빨아버리면 다 새것이 된다고, 모든 걸 다시 시작할 수 있다고 말하는 듯하다. 빨래 한 번으로 도깨비가 예쁜 아이로 변한 것처럼 나도 남루하고 지리멸렬한 일상을 반짝반짝 윤이 나게 닦아낼 수 있을 것도 같다.

책장을 넘길수록 엄마의 얼굴은 빛이 난다. 빨래할 때의 신이 난 표정, 도망치는 강아지와 고양이, 오리와 닭, 우산과 장화들을 불러 세울 때의 단호함, 갑자기 쏟아지는 비에도 빨래는 절대 젖게 할 수 없다는 결연한 의지, 도깨비 앞에서도 겁을 내거나 움츠러들기는커녕 빨래통에 던져 넣는 용기와 힘, 얼굴이 사라져 버린 도깨비에게 다시 그려주면 되겠다는 사고의 유연함, 그리고 이 모든 것을 아무것도 아니라는 듯 웃는 얼굴로 해내는 엄마의 당당함이 부럽다. 살림의 맛을 조금 안다고 해서 도달할 수 있는 경지는 물론 아니다.

마당에 널어놓은 빨래를 보면서 나도 빨랫줄에 걸려 한가롭게 흔들리고 싶다고 상상한다. 마당에서 한바탕 손빨래를 하고 난 후 한낮의 꿈처럼 만나고 싶은 그림책이다. 가능하면 나도 그림 책 속으로 걸어 들어가 아우성치고 있는 도깨비들 속에 섞여 손을 번쩍 들고 싶은 것이다. 나도 도깨비처럼 얼굴이 다 지워지도록 빨아져서는 납작하게 말랐다가 새로 그린 얼굴과 순하고 부드러운 마음으로 다시 태어나고 싶다.

무엇보다
나에게 다정할 것

여름 방학이 끝나갈 무렵이었다. 엄마와 나는 학교 후문 쪽 하숙촌에서 벌써 몇 시간째 골목을 헤매며 하숙집을 찾는 중이었다. 대부분 하숙집에서는 여학생을 받지 않는다고 했다. 제대로 말을 붙여 보기도 전에 문이 닫혔다. 복덕방 할아버지들도 고개를 저었으나 그래도 혹시 모르니 한번 가보라며 몇 군데 알려준 집들이 있었다. 한 집 한 집 초인종을 누를 때마다 내가 여학생이란 사실이 하숙방을 구하는데 가장 큰 결격사유라는 걸 확인할 뿐이었다.

가파르고 좁은 골목길을 힘겹게 올라가서 마주한 지붕 낮은 집이 우리에게 남은 마지막 집이었다. 여태 방문했던 곳과는 달리 대문이 열려 있었다. 엄마는 심호흡을 한 뒤 문을 밀고 들어갔다. 여느 하숙집 같은 분위기가 아니었다. 시멘트를 바른 마당, 천장이 낮은 마루, 조용한 집은 크지 않아서 하숙생들이 기거할 만한 방이 있을 성싶지 않았지만 정갈했다. 집 뒤편에서 모습을 나타낸 하숙집 아주머니는 여학생을 받은 적이 없어서 어떨지 모르겠다고, 마침 방도 마땅치 않다고 말은 하고 있었으나 어쩐지 밀어내는 투는 아니었다. 이전 집들에서 받은 인상과는 달랐다. 좀 전까지 이번에도 거절당하면 어쩔 수 없이 다시 외삼촌 댁으로 가야 한다고 이야기하던 엄마와 눈이 마주쳤다. 엄마는 잘 부탁한다는 말과 함께 나와 짐 가방을 남겨 놓고 이내 언덕을 내려가 버렸다.

내 방은 부엌방이었다. 안채를 오른쪽으로 끼고 돌면 사람 하나가 겨우 지나다닐 정도의 좁은 통로가 있었고 그 끝에 부엌으로 들어가는 작은 문이 있었다. 그러니까 내가 그 가을학기에 지낼 곳은 부엌에 딸린 아주 작은 방이었다. 하숙생을 받기에는 너무 작았고 게다가 부엌 안에 있어서 아주머니가 마땅한 방이 없다고 했던 것을 이해할 수 있었다. 그러나 책상 하나가 놓여 있었고 책상과 나란히 방향을 잡으면 몸을 누일 수 있었으므로 내게는 충분했다. 부엌으로 가는 길에 줄을 매고 수건과 양말들을 널었다.

하숙집 아주머니와 나는 금방 친해졌는데 그도 그럴 것이 들락거릴 때마다 부엌에서 식사 준비를 하거나 뒷설거지를 하는 아주머니와 마주칠 수밖에 없기 때문이었다. 그 집 역시 여학생은 내가 첫 하숙생이었다. 학교에 가지 않는 날에는 아주머니와 마당에 앉아서 야채도 다듬고 미숫가루도 마셨다. 가끔 서로에게 몇천 원씩 빌리고 갚으면서 살았다. 둘 다 넉넉하지는 않았지만 궁핍하거나 초라하지도 않았다.

그곳에서 지낸 지 얼마 지나지 않아 나는 그 방이 하숙생들을 위한 방이 아니라 하숙집 큰딸의 방이라는 걸 알게 되었다. 그녀는 집 근처에서 남자친구와 살았는데 하숙집 아주머니가 외출이라도 하는 날에는 하숙생들의 저녁 준비를 하러 오곤 했다. 주말에 내가 집에 다녀오면 내 방(혹은 그녀의 방)에서 쉬고 있던 그녀가 후다닥 일어나 도망치듯 나가버리곤 했다. 그러니까 그즈음에 내 방은 그녀의 방이기도 해서 우린 하나의 방을 서로 다른 시간대에 사용하는 동거인이 되었다. 나 아닌 다른 이가 내 방에서 시간을 보내고 있다는 걸 우리 둘 다 알면서도 서로 그 사실을 모르는 척했다. 그게 편했다. 나는 이미 다니던 학교 후문으로 통하는 그 동네에서 여학생을 받아주는 하숙집이 없다는 걸 알고 있었다. 그 방의 원래 주인이었던 하숙집 큰딸로서도 사정은 마찬가지였을 것이다. 넉넉하지 못한 집안 형편을 알기에 고정적인 수입원을 끊어버리라는 말을 엄마에게 차마 할 수 없었을 테니까.

나는 그 방에서 잘 지냈다. 가끔은 고등학교에 다니던 그 집 막내딸이 와서 함께 뒹굴기도 했는데 우린 빌려온 만화책을 보면서 울고 낄낄거리다가 숙제를 하거나 시험공부를 했다. 좁은 골목길이 내 방 창문 옆을 지나 노래를 흥얼거리거나 휘파람을 불며 밤길을 걷는 이들이 의외로 많다는 것도 그때 알게 되었다. 다른 하숙생들은 정해진 시간에 마루에 상을 나란히 붙여놓고 밥을 먹었지만 나는 아주머니가 작은 밥상을 따로 차려서 방에 넣어주었다. 늦게 들어간 날도 마찬가지였다. 동그란 밥상 앞에 혼자 앉아서 밥을 꼭꼭 씹어 넘기던 마른 여자아이를 나는 아직도 생생하게 기억한다. 하루에 몇 시간 혼자 있을 수 있는 그 작은 방을 얼마나 좋아했는지도.

그때로부터 30여 년이 지났다.

집에서 내가 제일 자주 들어가는 방은 아래층에 있다. 이사 와서 처음에는 용도가 불분명했던 방이었다. 침실은 모두 이층으로 정했고 미처 자리를 찾지 못한 가구들과 풀지 못한 짐들이 놓여 있었다. 그대로 놔두었다간 자칫 창고로 전락할 가능성이 있었다. 이사를 하고 두어 달 지난 늦가을의 어느 날 나는 밤을 새워가면서 그 방을 정리하기 시작했다. 나만의 방을 갖고 싶었다. 가능하면 텅 빈 느낌으로 만들고 싶었다. 그래야 무엇을 하든 처음의 느낌이 날 테니까. 책상을 들여놓고 스탠드에 불을 켠 날, 드디어 내 방이 생겼다.

처음에는 혼자 있을 수 있다는 것만으로도 충분했다. 흥분이 가라앉자 혼자라는 사실이 뭔가를 약속하는 것은 아무것도 없다는 걸 알게 되었다. 예상이 어긋나자 당황했고 혼란스러웠다. 밤에 방에 홀로 앉아 있으면 온갖 감정들이 두서없이 솟아났다가 사라졌다. 낮에 억눌리며 숨어있던 감정들은 어두운 밤 홀로 있는 시간이면 방구석에서 슬금슬금 기어 나와 나를 괴롭혔다. 호젓하게 즐길 수 있을 거라고 기대했던 시간은 엉망진창이 되어버렸다. 당장 하고 싶은 것이 뭔지도 몰랐다.

　밤마다 내 안의 온갖 감정들과 씨름을 했다. 진흙탕 같던 그 시절에서 헤어나올 수 있던 것 또한 어떤 감정 때문이었는데 그건 바로 '억울함'이었다. 애써 마련한 공간과 그 안에서의 시간을 형체도 없는 무언가와의 싸움으로 보내 버리는 게 억울했다. 시간과 나를 낭비하고 있는지도 모른다는 데 한번 생각이 미치자 정신이 번쩍 들었다. 나는 왜 내내 내 생각만 하고 있을까. 내 방이 '나'로 가득 차서 나 아닌 무엇을, 혹은 누구를 위한 자리도 만들 수 없었다. 방이 점점 비좁게 느껴졌다. 답답했다. 감당할 수 없는 짐을 지고 뒤뚱거리다가 온 밤을 보내 버리는 꼴이었다. 나를 줄이고 줄여서 작게 만들어야 방이 점점 넓어질 터였다.

화가 윤석남의 그림책 [다정해서 다정한 다정 씨]는
바로 내가 지나온 그 답답했던 시절을 상기시켰다.
내 얘기가 여기 왜 있나 싶었다.
스물일곱 살에 결혼해서 마흔 살에 자기 방을 갖게 된
그림책 속 여자는 눈만 내놓은 채 검은 자루 속에 숨어서
고치처럼 매달려 있다.
그녀는 듣지도 않고 보지도 않고 말하지도 않고
세상에서 돌아선 채 숨어 있다가
어느 날 날개를 펴고 날아오르는 나비처럼 자루에서 나왔다.

책장을 넘길 때마다 내 것이 아닌 삶을 사는 것 같아서 불만이던 시간이 슬라이드 넘어가듯 지나갔다. 자기만의 방을 갖게 된 사람들은 누구나 처음을 경험할 것이다. 불빛이 얼마나 밝든, 공간이 얼마나 넓든, 비대해진 자신으로 가득 차서 방은 금세 비좁고 어두워질 터라 홀로 있어도 답답하고 뭘 할지 몰라 서성이는 게 고작이었다는 사실을 그림책 속에서 다시 확인했다. 나도 자루 속 여자처럼 긴 터널을 통과해 왔으니까. 길고 어두운 터널 끝에서 우리가 만나게 될 것들, 혹은 사람들은 무엇이고 또 누구인가?

"멀고도 가까운, 미워하며 사랑하는,
끊어지지 않는, 가련한, 어여쁜, 그런 사이."

가볍게 안아 올릴 수 있을 것처럼 작아진 엄마를 안고 눈물을 흘리는 딸, 눈을 흘기면서도 보고 싶은 남편, 마음대로 줄어들고 늘어나는 외할머니의 다정함이 거기 있었다.

누구라 이름 붙이지 않아도 이미 충분히 다정한, 내가 사랑하지 않을 수 없는, 굽은 등과 흐르는 땀으로도 어린 생명을 기르기에 부족함이 없는 다정한 이들이 책 속에서 나를 반겼다. 세상에서 제일 작은 점(店)이었던 그녀의 방은 이제 다정한 사람들로 가득 차서 세상에서 가장 넓은 경치 좋고 볕 잘 드는 점(店)이 되었다. 책장을 넘기면서 나도 다정한 사람이 되고 싶었다. 나도 그녀처럼 '다정'이 샘솟듯 피어나는 점(店)을 만들고 싶었다. 다정한 세상에서 다정한 사람들과 다정하게 지내는 꿈을 꾼다. 무엇보다 자신에게 다정할 것. 이제 내 방을 다정한 방이라 부른다.

스무 살 언저리에 밥하고 설거지하는 소리를 배경 음악 삼아 살았던 방과 지금의 방은 크기만 다를 뿐 같은 방이다. 낮 동안 침묵 속에 가라앉아 있던 그 방에서 나는 지친 나를 어르고, 조각 난 마음을 이어 붙인다. 삶의 서로 다른 시기에 내게 다가왔던 다정씨들을 불러내어 오래전 낮은 담벼락 너머의 어둠을 무서워했던 여자아이를 안심시키는 밤이면 삶이 꼭 생각했던 대로 흘러가지 않더라도 살 만하다고 생각하게 된다. 조금씩 내가 나에게 가까이 다가가는 모습을 지켜봐 주는 다정씨들을 그 방에 초대하고 싶다.

#2   마당 가득

보라색 빗방울이
내렸다

빗방울의
무도회

외출을 자주 하는 편은 아니다. 언덕을 걸어 내려가면 한 시간에 두어 번 지나가는 서울행 광역버스를 탈 수 있지만, 대부분은 남편이 분당의 버스정류장까지 데려다주고 그곳에서 서울로 가는 버스를 이용한다. 친구를 만나거나 한 달에 한 번 책 모임을 하는 경우를 제외하면 집에서 혼자 나갈 일은 좀처럼 생기지 않는다. 그러니 외출할 일이 생기면 나간 김에 가보고 싶은 곳, 하고 싶은 일들을 헤아리며 살짝 들뜨기도 한다. 가게들을 기웃거리고 서점에 가서 책들을 뒤적거리는 일, 카페에 앉아서 지나가는 사람들을 구경하는 일, 아는 이가 없는 곳에 나를 부려놓고 지켜보는 일 등 특별하지 않아도 집 밖에서 혼자 보내는 시간을 상상하는 것만으로도 설레기에는 충분하다. 그날은 오전에 책 모임이 있었고 오후에 출판 계약을 한 날이었다. 할 일은 그게 전부였다. 아침에 중앙공원 앞 버스 정류장까지 데려다준 남편에게 오늘은 늦을 거라고, 어쩌면 밤에 들어갈지도 모른다고 말은 미리 해두었지만 일을 마치고 나니 벌써 오후 5시가 넘어 있었다. 비가 내려서인지 계동길은 벌써 어둑해지기 시작했다. 느릿느릿 걸을 것, 따뜻한 플랫화이트 한 잔을 마실 것, 새로 생긴 책방 아크앤북에 가서 책을 몇 권 고른 후 집으로 가는 버스를 탈 것이 내가 정한 그날의 계획이었다.

책이 여러 권 들어 있는 가방과 선물로 받은 원두가 든 종이 쇼핑백을 들고 우산까지 펼쳐 들고 걷자니 쉽지 않았다. 납작한 구두는 금방 젖어버려 발이 시렸다. 조계사 맞은편에 집으로 가는 버스가 서는 정류장이 있었다. 비에 젖은 거리는 시끄럽고 불빛들이 어지러웠다. 갑자기 피로가 몰려왔다. '이대로 집에 갈까' 하는 생각이 든 순간 집으로 향하는 버스가 스쳐 지나갔다. 다음 버스가 언제 올지 보려고 고개를 들었으나 도착 버스 안내전광판은 고장인지 불이 꺼져 있었다. 그대로 서서 버스를 기다렸다.

날은 점점 어두워지고 빗줄기가 거세지기 시작했다. 눅눅하고 차가운 버스 안에서 한 시간이 넘도록 앉아 있어야 할 걸 생각하자 나도 모르게 한숨이 나왔다. 버스를 포기하고 종로 쪽을 향해 걸었다. 근처에 헤밍웨이가 단편 〔깨끗하고 밝은 곳〕에서 묘사했던 그런 카페가 있으면 좋겠다는 생각이 들었다. 불빛이 필요한 사람들이 모이는 곳, 카페가 필요한 누군가가 있을지 모른다고 생각하는 나이 많은 웨이터가 있는 곳이라면 집으로 가는 버스를 탈 수 있는 정류장에 서서 우왕좌왕하는 마음을 내려놓아도 될 것 같았다.

빗줄기는 한층 거세어져 우산을 썼어도 소용없었다. 한 걸음 내디딜 때마다 구두 속에 고인 빗물이 철벅거렸다. 맨발이 차라

리 나을 듯싶었다. 구두 안에서 발이 미끌거려 넘어질까 봐 겁이
났다. 피식 웃음이 나왔다. 자기가 신고 있는 구두 안에서 미끄러
져 넘어진 여자라니. 문득 생각난 이수지의 그림책 〔이렇게 멋진
날〕이 어둑한 시야를 환하게 밝히는 느낌이었다.

이미 갖고 있는 그림책이었지만, 그 순간 책 속의 빗줄기와 장
화와 우산과 라디오에서 흘러나오는 음악이 절실히 필요했으므
로 나는 서점으로 통하는 계단을 조심조심 내려가 빗물이 뚝뚝
떨어지는 우산을 비닐봉지에 욱여넣고 곧장 그림책 판매대로 가
서 책을 찾았다. 파란 우산을 든 아이가 첨벙첨벙 물을 튀기며 걷
고 있는 표지다. 낮고 어두운 구름이 표지의 절반을 차지하고 있
지만 정작 쏟아지는 빗줄기와 빗방울은 파랬다. 그 책을 가슴에
안고 같은 층 구석에 있는 스타벅스에 가서 앉았다.

먹구름이 내려앉고 비가 오는 날 방안에서 아이들은 심심하다.
책을 읽고 그림을 그리고 비가 내리는 창밖을 구경하는 것도 재미
가 없다. 지루함을 못 이겨 라디오 스위치를 누르는 순간, 흘러나

오는 음악이 고여 있던 방 안 공기를 출렁이게 한다. 음악이 흐르고 아이들은 춤을 춘다. 마음껏 춤을 추기에 실내는 좁다! 비 정도야 아무것도 아니라는 듯 아이들은 문을 열고 밖으로 나간다. 우산을 들고 빙그르르, 장화를 신고 첨벙첨벙, 비가 오지 않았다면 할 수 없는 일, 아이들은 신이 난다. 장화를 신고 알록달록한 우산을 들고 마음껏 물장난하는 날, 비가 와서 더 특별한 날이 된다. 비가 온다고 해서 최고의 날이 되지 말라는 법은 없으니까.

　문득 라벤더를 자르던 날 생각이 났다.
　"오늘 오후부터 비가 많이 온대!"
　아이가 전해준 소식이었다. 구름 한 점 없이 맑은 날이라 벌써 이불 빨래를 해서 널었고 세탁기를 한 번 더 돌리는 참이었다. 이렇게 좋은 날씨에 뭔 소린가 싶었다. 주방 싱크대 앞에 깔아 두었던 두꺼운 매트와 실내화들도 빨아서 볕 드는 곳에 늘어놓았는데 비가 온다니. 하늘은 여전히 말끔해서 비가 와도 오후 늦게나 되어야 내릴 것 같다고 생각했지만 그건 내 착각이었다.
　점심 중이었는데 갑자기 불이 꺼진 듯한 느낌이 들었다. 구름

이렇게 멋진 날...

이 몰려들어 순식간에 하늘이 회색으로 변했다. 바빠지기 시작했다. 남편은 이불을 걷어들이고 가제보 안의 쿠션들을 옮겼다.

나는 바로 라벤더를 자르기로 했다. 비가 많이 내리면 꽃잎이 상해버릴 것이 분명했기 때문이다. 바구니를 옆에 끼고 앉아 꽃이 핀 줄기들을 자르기 시작했다. 하늘이 낮게 내려앉아 순식간에 어둑해지더니 성급한 빗방울이 벌써부터 떨어졌다. 가위가 라벤더 줄기를 건드릴 때마다 훅 끼쳐오는 향기가 아찔했다. 벌들이 계속 옆에서 붕붕거렸다. 라벤더 줄기를 자르는 나도 라벤더 꽃에 얼굴을 박고 붕붕거리는 벌도 내리기 시작한 비를 아랑곳하지 않았다. 바구니에 라벤더가 쌓이자 벌들은 덤불에서 바구니로 옮겨갔다. 몰려오는 비구름에 따라잡히지 않으려면 서둘러야 했다. 꽃이 떨어질까 조심하기는커녕 줄기들을 한 번에 끌어모아 뭉텅이로 잘랐다. 거친 손길에 저항하듯 라벤더 향기가 점점 더 진해졌고 나는 숨을 들이쉬며 행복했다. 어둑해진 마당을 채운 습기, 라벤더 향기, 보라색 빗방울이 참 좋았다. 갑자기 비가 내리지 않았으면 좀처럼 경험할 수 없던 시간이었다.

빗속에서 우왕좌왕하느라 지치고 우울했던 나는 그림책 한 권과 라벤더 자르던 날의 기억으로 회복할 수 있었다. 젖은 머리와 축축한 옷자락도 어느새 말랐으니 이제는 집으로 갈 시간이었다. 서점을 나서니 아직 비가 세차게 내리는 중이었다. 정류장 전광판에는 25분 후에 내가 탈 버스가 도착한다는 알림이 반짝거리며 지나갔다. 영풍문고와 롯데백화점 사이에 있는 정류장 주변에는 은행의 24시간 코너 말고는 불 켜진 곳이 없어 어두웠다. 비는 그칠 기색 없이 계속 내렸고 내 발은 다시 물에 잠겼으며 나는 점점 추워져서 몸이 떨려왔다. 아까 바로 집으로 돌아가지 않은 것을 후회했다. 그러니까 그때, 그 어두운 버스정류장에서 우연히 바라보게 된 건너편 풍경을 발견하기 전까지는 분명히 그랬다.

버스 정류장 맞은편은 우리은행 본점이었는데 건물 주위로 불이 밝혀져 환하고 아름다웠다. 쓰고 있던 우산을 기울여가며 주변을 빙 둘러보니 도시가 온통 불빛으로 가득 차 있었다. 불빛이 고인 물과 빗방울에 반사될 때마다 사방이 반짝거렸다. 비에 젖은 도로 위로 자동차가 지나갈 때마다 바람이 불어, 도로에 고인 빗물이 흔들릴 때마다 불빛도 함께 흔들렸다. 마치 춤을 추는 이들로 가득한 무도회 같았다. 갑자기 객석에 앉아 무대 위에서 펼쳐지는 뮤지컬을 바라보듯 유쾌해졌다. 조금 전까지 빠져 있었던 그림책 속으로 다시 돌아간 것 같았다.

불빛이 모였다가 흩어지고 뛰어오르고 한 바퀴 크게 돌며 춤추는 걸 바라보다가 놓칠 뻔한 버스를 잡아탔다. 앉고 보니 새로 얻은 종이 가방도 다 젖어서 찢어지기 직전이었고 발은 물이 들어온 구두 안에서 붓고 있었다. 구두는 앞 코가 벌어져 있었다. 그래도 괜찮았다. 마른 수건이 있는 집으로 돌아가는 일밖에 남지 않았으니 얼마나 다행인가 싶었다. 새 책, 마른 양말, 따뜻한 물이 있는 세계로…. 그날은 꿈도 없이 단잠을 잤다. 아마 잠꼬대도 하지 않았을 것이다.

외로움에도
이름이 있다면

이름 짓기 좋아하는 할머니

'빨리 늙어버렸으면 좋겠다'고 생각했던 때가 있었다. 어떻게 살
지 잘 몰랐고. 어떤 사람이 되겠다는 생각도 없었을 때, 그러니까
정해진 무엇도 없어서 뭐든 가능하다고 여겼을 때, 그중 어떤 것
이라도 원하기만 하면 다다를 수 있다는 확신이 있었을 때, 나를
둘러싼 모호함의 세계를 견딜 수 없어 버릇처럼 빨리 서른이 되
었으면 좋겠다고, 빨리 늙어서 어서어서 할머니가 되었으면 좋겠
다고 말하고 다녔던 때가 있었다.

이제 나는 쉰 살을 훌쩍 넘었다.

머지않아 할머니라고 불릴 때가 올 것이다.

한 살 더 먹은 아침, 할머니가 되는 것에 관해 생각하다가

내가 할머니라고 불렀던 이들을 떠올렸다.

어린 시절 가장 따뜻했던 기억 중 많은 부분이

할머니들과 보낸 시간으로 채워져 있다는 걸 기억해냈다.

내가 이렇게 단순히 나이를 먹어간다고 해서

기억 속 할머니들처럼 유쾌하고 따뜻해질 수 있을까?

좋은 할머니가 되는 코스라도 있다면

등록해야 하는 건 아닐까?

방학이면 외할머니댁에 갔다. 충청남도 아산에 있던 외가는 가도 가도 닿지 않아서 굉장히 먼 곳처럼 느껴졌다. 실제로 서울에서 멀지 않은 곳이란 걸 알게 된 것은 어른이 되고 난 후였다. 어린아이의 눈에는 바다처럼 막막하게 펼쳐졌던 논과 밭을 옆에 끼고 한참을 달려서 닿는 마을, 학교도 가게도 약국도 없던 곳이었다. 또래 아이들도 있었지만 내가 외가에 가는 것은 언제나 방학 중이어서 학교 같은 건 안중에도 없었다. 외할머니는 놀이도 마땅치 않고 군것질거리도 없는 지루하고 심심한 시골에서 당신의 외손녀가 어떻게 지낼지 걱정했지만 정작 나는 심심하지도 아쉽지도 않았다.

외가의 안마당은 항상 말끔하게 비질이 되어 있었는데 얼마나 빤빤했는지 손바닥으로 쓸어도 흙먼지가 묻어나지 않을 것처럼 반질거렸으며 그늘이 진 바닥에 손을 대면 땅속에서 서늘한 기운이 올라오는 것처럼 시원했다. 혼자 흙바닥에 앉아서 그림자를 따라 그리거나 마당에 내려앉은 참새들을 쫓고, 심심할 만하면 드나드는 동네 어른들을 구경하느라 하루가 짧았다. 밥을 할 때마다 아궁이에 볏짚을 넣어 불을 지피는 것도, 김이 나는 가마솥 뚜껑을 열고 뜸이 들고 있는 밥 위에 감자나 호박 등을 올려 찌는 것도, 우물에서 물을 긷거나 펌프 손잡이에 몸을 실어 물을 끌어 올리는 것도 신기한 구경거리였다.

여름밤에는 늦도록 동네가 시끌시끌했다. 사람들이 모여 앉아 있는 곳이면 어디든 멍석을 펴고 모깃불을 지폈다. 아이들과 어른들이 섞여서 밤늦게까지 수런거렸다. 누군가 삶은 옥수수 하나를 들고 누워있는 내 몸 위로 부채질을 해서 바람을 일으켰던 기억이 난다. 밤이지만 어수선했고 매일 잔칫날처럼 은성한 불빛이 어지러웠다.

겨울에는, 겨울밤에는 할머니들이 있었다. 어둠에 짓눌린 것처럼 집들이 납작해지던 밤이었다. 저녁을 물리고 뜨거운 방안에서 외할머니와 함께 군밤 껍질을 벗기고 있으면 할머니의 말동무들이 모여들었다. 그분들이 주고받는 이야기를 나는 거의 알아듣지 못해서 외숙모가 쉽게 풀어 다시 말해주곤 했다. 할머니들 웃으면 왜 웃는지도 모르면서 따라 웃었다. 무서운 이야기라도 나올까 봐 무릎을 끌어안아 몸을 최대한 웅크리고는 한 마디도 놓치지 않으려고 기를 썼다. 밤이 깊어지면 눈을 치뜨고 이를 앙다물고 앉아서 졸음과 싸웠다. 그랬음에도 할머니들이 가시는 것은 보지 못했다. 아마 앉아서 졸다가 그대로 누워 잠들었을 것이다.

아침에 일어나 보면 외할머니는 경대 앞에서 흰 머리가 반 넘어 섞인 머리채를 길게 늘어뜨리고 참빗으로 머리를 빗고 계셨다. 내가 일어난 기척을 내면 할머니는 입버릇처럼 동무도 없으니 오늘은 심심해서 또 어쩔까 하며 혀를 끌끌 차셨다. 그렇지만 그건 할머니만의 걱정이었다. 나는 친구도 필요 없고 사탕도 필요 없었으니까. 장작을 때서 뜨끈뜨끈했던 방바닥, 초롱불이 흔들릴 때마다 일렁이던 그림자, 할머니들의 이야기가 좋았다.

누구네 막내가 도망을 가고 어느 집 며느리는 너무 손이 커서 걱정이라는 이야기, 집에 있지 못하는 남자들과 동네잔치 이야기에 겨울밤은 금방 깊어졌다. 떡을 치고 콩을 터는 이야기가 동화

책보다 더 재미났다. 낮이면 밤을 기다리느라 지루했고 막상 밤이 오면 풀어진 몸이 후끈한 방의 열기를 이기지 못해 금세 잠에 빠졌다. 아침에는 지난밤 놓친 시간이 아쉽고, 아침까지 내쳐 자도록 깨우지 않은 할머니가 야속해 심통을 부리기 일쑤였다.

내가 아는 할머니 중 누구도 [이름 짓기 좋아하는 할머니]의 할머니처럼 집과 침대와 의자에 이름을 짓는 할머니는 없었다. 밤마다 외갓집으로 모인 할머니들은 갈 곳이 있었고, 보이지 않으면 궁금한 친구들이 있었다. 더는 기다릴 친구도 편지도 없는 그림책 속 할머니처럼 집과 자동차, 침대와 의자에 이름을 지어 붙이지 않아도 될 만큼 내 어린 시절의 할머니들은 외롭지 않았다.

언덕 위의 집에서 혼자 사는 할머니는 아침마다 자동차를 몰고 우체국으로 가서 혹시 자기에게 온 편지가 있을까 살펴보지만, 세금고지서 외에는 아무것도 없다. 편지를 보내주던 친구들이 모두 죽었기 때문이다. 외로움을 견딜 수 없었던 할머니는 이름을 짓기 시작한다. 오래오래 살아온 집과 밤마다 누워 자는 침대, 낡은 자동차에 '프랭클린', '로젠느', '베치'라는 이름을 붙여주었다. 오래 살 수 있는 것들, 그래서 떠나보내는 슬픔을 겪지 않아도 될 것들에만 이름을 지어 주던 할머니 앞에 어느 날 살아 있는 작은 갈색 강아지 한 마리가 나타난다. 할머니는 강아지에게 먹을 것을 챙겨 주면서도 이름을 지어주지는 않는다. 강아지는 금방 자라서 언젠가 할머니를 두고 떠나버릴 것이기 때문이었다. 어느 날부터 강아지가 오지 않자 할머니는 예상치 못한 감정에 휩싸인다. 그건 홀로 남겨진 후에 마주칠까 봐 두려워했던 감정, 바로 '외로움'이었다.

오지 않는 갈색 개를 기다리며 할머니가 의자에 앉아 창밖을 바라보는 표정, 전화하는 할머니의 뒷모습, 비 내리는 거리를 달리며 개를 찾는 모습을 보면 이 할머니 마음에 어떤 병이 들었는지 금세 알게 된다. 할머니가 떠돌이 개들을 보호하는 사육장에 가서 우리 개를 찾으러 왔노라고 하는 장면에서는 마음이 털썩 내려앉는 소리가 들리는 것 같았다. "우리 개!", "우리 럭키!", "우리 할머니", "우리 엄마", "우리", "우리".

어린 시절 밤마다 외할머니 곁으로 모여들던 할머니들은 참 잘 웃었다. 목소리도 컸고 나눌 이야기도 많았다. 그들은 왜 밤마다 집을 나왔을까? 혹시 그들 모두 홀로였을까? 누군가가 그리웠을까? 겨울밤 친구네 집에 모여서 웃고 떠드는 건 [이름 짓기 좋아하는 할머니]에서의 할머니가 의자와 자동차에 이름을 붙여주는 것의 또 다른 형태일까? 지금도 어딘가에서 누군가의 집에 모여 앉아서 웃고 울고 있을까? 내가 할머니가 됐을 때 나는 어디서 무엇을 하면서 밤을 보낼까? 누군가 내 곁에 있을까?

어두운 겨울밤 털신을 신고 외갓집 후끈한 방으로 모여들던 할머니들은 서로 이름을 불러주고 불리며 밤마다 행복했을 것이다. 사는 건 계속 상처받는 것이고, 그걸 뻔히 알면서도 이름 부르기를 멈출 수 없다는 걸 할머니들은 이미 잘 알고 있었을까?

하지만 분명
양초가 다섯 자루인걸

친구를 만났다. 오랫동안 컴퓨터 프로그래밍 강사로 일했던 그녀
는 요즘 들어 일을 줄였다. 상대적으로 집에 있는 시간은 많아졌
으나 밖에서 밤늦게까지 일을 할 때보다 오히려 시간 내기가 더
어려워진 것 같다고 했다. 오래전부터 일을 그만두게 되면 그동
안 계속 미룬 채 꿈만 꿔왔던 일들을 하며 살고 싶다는 이야기를
만날 때마다 하던 친구였다. 그런데 신기하게도 바깥일을 줄이자
마자 기다렸다는 듯 신경 써야 할 일들이 새로 생겨났다고 한다.

한가할 틈이 더 없어졌다고, 몇 글자 읽기도 힘들 만큼 이런저런 일들로 꽉 찬 날을 보내고 있노라는 그녀의 얼굴이 조금 야윈 것도 같았다. 은퇴를 앞둔 남편과 직장에 다니는 딸, 늙은 개와 함께 사는 그녀는 나의 사십년지기다.

여름이 가기 전에 당일치기 여행을 계획했으나 예상치 못했던 일들이 발목을 잡는 바람에 여행은 포기하고 점심이나 먹자고 잠시 만난 참이었다. 지난여름은 정말 더웠다고, 벌써 입추도 지났으니 곧 가을이 오면 이 여름이 그리울 것이라고, 아침마다 열어둔 창으로 매미 소리가 요란하게 밀려들어 와 덩달아 부지런해졌다고, 여름에서 가을로 넘어가는 이 시기가 꼭 지금의 우리를 닮은 것 같다고 친구는 잠시도 말을 쉬지 않았다. 젊다고 할 수는 없지만, 아직 늙지 않았고 서둘지 않고 느긋할 수 있고 그래서 가장 행복할 수 있는 시기를 지나고 있는 중이라는 말에 나도 모르게 고개를 끄덕였다. 꼭 해야만 하는 일들에서 어느 정도 벗어나 있는 지금이 바로 자신을 위해 뭔가를 해볼 수 있는 가장 적당한 때 아니겠느냐는 말을 들으면서, 요즘 주방에서 일할 때마다 틀어놓는 영화 [다가오는 것들] 중 나탈리가 했던 말이 생각났다.

"이런 생각을 해.
애들은 품을 떠났고, 남편은 가고 엄마는 죽고
나는 자유를 되찾은 거야.
한 번도 겪지 못했던 진정한 자유.
놀라운 일이야."

나탈리는 진정한 자유를 되찾았다고 말한다. 곁에 아무도 없지만 괜찮다고. 이대로도 충만한 삶을 가꿀 수 있다는 영화 속 대사는 누군가를 향한 것이었지만 내게는 나탈리 자신에게 하는 말로 들렸다. 나이 들고 입지는 좁아져도 지금 가장 행복할 수 있다는 친구의 이야기도 그랬다. 그녀들 둘 다 괜찮을 거라고 웃고 있지만, 그 밑에 숨어있는 불안의 그림자까지 감출 수는 없었다.

친구는 오래도록 좋아하며 즐길 수 있는 일을 찾고 있었다. 설혹 그것이 대단한 쓸모가 없더라도 다른 누구 혹은 무언가를 위해서가 아닌, 오직 자신의 즐거움을 위해서 마음을 쏟을 수 있는 일을 하고 싶은데 정작 그게 뭔지 알 수 없어서 답답해하며 조바심을 드러냈다. 뭘 좋아하는지, 뭘 하면 즐거울지 고민하는 중이라는 말 속에는 설렘의 흔적이 보였다. 그건 시작을 앞두고 기대에 찬 사람의 동요였다. 다만 더 나이가 들면 하고 싶은 것들을 하고 싶은 만큼 마음껏 할 수 없을지도 모르니 빨리 시작하고 싶다고 했다.

그런가?
나이가 들면, 늙으면, 노인이 되면, 할머니가 되면,
그러면 어쩌면 하고 싶은 걸 못 할 수도 있나?
나로서는 아직 한 번도 해보지 못한 생각들이었다.

사노 요코의 그림책 〔하지만 하지만 할머니〕에는 귀여운 할머니가 나온다. 작은 집에 아흔여덟 살의 할머니가 다섯 살 씩씩한 고양이와 함께 살고 있다. 고양이는 아침마다 낚시를 하러 가면서 할머니에게 함께 가자고 청하지만 아흔여덟 살이나 먹은 할머니는 자기는 할머니라 고기를 잡는 게 어울리지 않는다고 대답한다. 아흔여덟 살 할머니가 생각하는 '할머니에게 어울리는 일'이란 콩꼬투리를 까거나 낮잠을 자는 일 또는 케이크를 만드는 일이다. 아흔아홉 살이 되는 생일날, 케이크에 세울 양초가 다섯 개밖에 없어서 다섯 살까지 밖에 나이를 세지 못한 할머니는 말한다.

　　　　　　"그래, 하지만 분명 양초가 다섯 자루인걸.

　　　　　　　올해 나 다섯 살이 된 거야."

　　다음 날 아침, 이제 다섯 살이 된 할머니는 고양이와 함께 낚시를 하러 가기로 한다. 장화를 신고 모자를 쓰고 오랫동안 가보

지 않았던 들판을 지나고 냇물을 뛰어넘어 낚시터에 이르자 장화를 벗고 냇물에 들어가 고기를 잡는다. 아흔여덟 살 할머니에게는 어울리지 않는 일로 보이던 것들도 다섯 살이라고 생각하니 아무것도 아니다. 아흔아홉 살 할머니도 나비처럼 꽃 냄새를 맡기 좋아하고, 새처럼 냇물을 훌쩍 뛰어넘을 수도 있다. 아흔아홉 살 할머니 안에 다섯 살인 아이가 함께 사는 모습이 낯설지 않다.

십 년 전쯤 일일까? 동네 독서실에 자리가 있나 알아보러 갔다. 마침 적당한 자리가 있길래 접수를 했다. 계산을 마치고 나니 접수한 직원이 "학생 이름은요?" 하고 묻는다. 다른 누가 아니고 내가 이용할 거라고 대답하는 순간 접수하는 이와 내가 동시에 당황해서 서로 어색한 웃음을 흘렸던 적이 있었다.

우리는 무의식중에 너무 많은 선을 긋고 산다. 독서실에 가는 나이, 민소매 원피스를 입을 수 있는 나이, 배울 수 있는 나이⋯, 나도 모르는 사이 나를 둘러싼 벽들은 여러 겹으로 둘러싸인 요새 같다. 그중 단단하게 고정된 하나의 벽, 나이는 무섭다.

언제부턴가 나이를 생각하며 하고 싶은 일들을 미리 포기하는 경우가 있었다. 하긴 나이뿐일까? 여자라서, 아이가 있어서, 시골에 살아서, 본질과는 무관한 상황들이 끊임없이 나를 멈춰 서게 하고 돌아서게 한다. 친구와 얘기를 나누면서 어쩌면 그것들 모두가 핑계였을지도 모르겠다는 생각이 들었다. 나이와 상황보다는 안으로 숨고 싶은 마음은 아니었는지. 스스로 쌓은 담장 안에 주저앉아 있으면 최소한 무엇인가에 걸려 넘어지거나 어딘가에 부딪히지는 않을 테니까.

사노 요코의 그림책 속 할머니처럼 열세 살, 스무 살, 마흔 살의 나도 언제나 내 안에 함께 살고 있다는 걸 기억하며 살고 싶다. 그들이 내 안에서 불화하지 않기를 바란다. 한때 서로 반목했더라도 곧 화해하기를, 각기 다른 시기의 '나'들이 서로 마주 보고 이해하며 용서하고 다독이기를 바란다. 누구나 처음부터 엄마가 아니었던 것처럼 처음부터 할머니도 아니었고 처음부터 아줌마도 아니었으니까.

다음에 만날 때는 뭔가 하고 있었으면 좋겠다는 말을 마지막으로 친구와 헤어졌다. 이렇게 빨리 노후준비를 하게 될 줄 어떻게 알았겠느냐고 웃으며 돌아서는데 그녀의 마른 어깨가 눈에 들어왔다. 다가오는 계절에 무엇이 되었든 오랫동안 좋아하며 즐거워할 무언가에 쏙 빠져 있는 그녀를 보게 된다면 얼마나 좋을까?

친구란,
각자로 살아온 시간이
마주 보고 손을 잡는 것

———

밀크티

두 친구가 있었다. 한 친구가 여행을 떠나게 되자 둘은 매일 메일을 쓰기로 약속했다. 발트 연안으로 여행을 떠난 친구가 메일을 쓰면 한국에 남아있는 친구가 새벽에 그 메일을 받아 읽고 답장을 썼다. 한 달여의 여행 기간 둘은 메일 쓰기를 하루도 거르지 않았고 여행을 떠난 친구가 돌아온 후 그동안 주고받은 메일을 엮어 독립출판물로 책을 한 권 만들었다.

특별한 책은 아니었다. 게다가 얇은 책이라서 금방 읽어버렸지만 다 읽고 난 후에도 책상에서 바로 치우지 못하고 그대로 놔두었다. 그 책을 볼 때마다 왠지 가슴이 두근거리고 책장이 팔랑거리며 스스로 한 장 두 장 넘어갈 것 같이 여겨졌다. 편지를 주고받은 두 사람에게는 아마도 첫 번째 책이었을 텐데, 그 작은 책자를 만들면서 그들이 서로에게 보냈던 마음과 설렘과 웃음을 생각하면 나도 모르게 그들 사이에 있는 것 같은 착각에 빠졌다. 나도 그들처럼 가슴이 뜨거워지고 마음이 달싹거리는 것 같았다. 정다정과 이소영이 그리고 쓴 〔매일의 메일〕이다.

타인의 편지를 들여다보는 건 낯설지 않은 경험이었다. 나 자신도 그렇게 열심히 편지를 주고받던 시절이 있었다. 편지 모음집이나 편지 형식의 문학 작품들도 즐겨 읽는다. 편지와 편지 사이에서 드러나지 않고 설명하지도 않은 부분들을 미루어 짐작하는 것에 매혹당하기를 즐긴다. 그렇지만 〔매일의 메일〕은 짐작이나 추측 같은 것이 들어갈 여지도 없을 만큼 짧고, 긴장도 갈등도 없어 밋밋하기만 했다. 그런데도 계속 마음이 가는 이유가 뭘까 생각하다가 이건 서로에게 보내는 편지가 아니라 편지의 형식을 빌린 일기라는 걸, 그러니까 친구가 아니라 자신에게 하는 말이라는 걸 알아차렸다.

친구라서 가능한, 그것도 일정 기간 떨어져 있을 것이 확실한 친구라면 일상적인 대화와는 다른 결을 드러내고 받아들이기에 인색하지 않을 수 있으니까.

'친구에게서 나를 발견하고 내 안에서 친구를 발견하기'

친구를 만나고 돌아오는 길에 항상 생각이 많아지고, 반성과 다짐이 많아지는 이유가 바로 이거구나 싶었다.

오랜만에 만난 친구와 오래전의 이야기들을 나누었다. 가끔 내 안에 여럿의 내가 함께 살아가는 것 같은 생각이 든다고 얘기했다. 어렸을 때 살던 집의 낮은 울타리 안에서 토끼를 바라보고 있는 나, 뙤약볕 아래 운동장에서 교장 선생님 말씀이 언제 끝날지

지루해하는 나, 어학연수 가는 친구들이 부러웠지만 현실은 누우면 발끝까지 벽에 닿고 마는 하숙방의 나, 갈팡질팡하는 신혼의 나, 아이의 사춘기에 어쩔 줄을 모르고 좌충우돌하던 나, 마당을 갖게 된 날 세상을 다 얻은 듯 기뻐했던 나, 수북하게 쌓인 낙엽을 쓸어내다 말고 붉게 물든 블루베리 잎이 너무 예뻐서 감탄하던 지난가을의 나를 이야기했다. 각자의 북클럽에서 읽은 책들이 다수 겹쳐졌던 것을 뒤늦게 알게 되자 우리가 제각각 살아온 시간이 마주 보고 손을 잡는 것 같았다.

우리는 이제 때맞춰 염색을 해야 하고 눈가에 잡힌 주름에 당황하기도 하는 중년이 되었지만 정작 마주 보고 있을 때 그런 것들은 잘 보이지 않는다. 헤어지고 나서야 지난번보다 얼굴이 밝아진 걸 보니 매사가 괜찮은가 보다 짐작하고, 흘리듯 풀어놓은 이야기가 요즘 그이의 마음을 좀먹는 걱정거리란 걸 뒤늦게나마 알아챈다. 만나지 않는 동안 한층 눈빛이 깊어진 친구는 작은 고추장 단지를 내밀었다.

헤어져 돌아오는 길에 함께 나눴던 이야기들을 되새긴다. 그동안 친구 따위는 없다는 듯 잊고 살다가도 만났을 때는 마치 아침에 나갔다가 오후에 들어온 식구들처럼 무심하게 이어지는 일상을 나눈다. 비빔밥은 여기보다 저기가 낫고 커피 향기가 좋은 카페는 어디이고, 딸기가 제철이며 꽃이 피면 짧은 여행이라도 가고 싶다고, 요즘 뭐 해 먹고 사느냐는 이야기를 두서없이 나누다가 아무렇지도 않게 "안녕"을 했다. 집 앞 골목길에서 만나 잠시 수다를 떨고 각자의 집으로 들어서는 이웃집 여자들 같다.

집에 들어와 옷을 갈아입고 앞치마를 두르고 친구가 생전 처음 만들었다는 고추장을 맛본다. 아직 익지 않은 생생한 빛깔과 풋풋한 맛이 오래전 교복 차림의 우리들 모습을 연상케 했다. 냉장고 깊숙한 곳에 넣어두고 함께 건네준 채소들을 찬물에 담그고 나서야 나는 친구가 보여줬던 신호들을 생각한다. 엊저녁에는 조금 더 피곤했고 오늘 차는 안 막혔다는 소소하고 시시한 이야기 속에서 그동안 몸이 아팠고 아이들은 더 자랐고 이런저런 걱정거리가 생겼으며 별거 아닌 일에도 서운하고 속상해서 외로웠다는 걸 암호 풀 듯이 하나하나 풀어낸다.

한창 저녁 준비 중일 때 친구에게서 집에 도착했다고, 정작 하고 싶은 얘기는 제대로 꺼내지도 못해 아쉽다는 문자가 왔다. 곧다시 만나자고 답을 보냈지만 하고 싶고 듣고 싶은 이야기는 이미 넘치도록 주고받았으며 냉장고 속 고추장이 맛이 들 때까지는서로를 까맣게 잊고 지내리라는 걸, 마치 각자 다른 별에 사는 이들처럼 지내리란 걸, 그러다가 계절이 한 차례 바뀌면 매일 건네는 안부처럼 아무렇지도 않게 "잘 지내?" 하고 서로의 문을 두드릴 것도 이미 안다. 다시 만난 자리에서 나는 친구의 고추장 맛에대해 말하고 있을 것이다. 얼굴을 자주 볼 수는 없지만 떨어져 살고 있어서 서로의 사정과 마음을 헤아리는 일을 조금씩 더 잘하게 된다. 마치 오나리 유코의 그림책 〔밀크티〕에 나오는 두 친구처럼….

리리코 상은 화자의 집과 나란히 서 있는 집에 살고 있다. 리리코 상이 마당에 널어놓은 알록달록한 빨래를 보거나, 그가 만들고 있는 음식 냄새를 맡으면 기분이 좋아진다. 어쩌면 가끔 우유를 듬뿍 넣은 밀크티 한 잔을 나누는 정도의 담백한 친구들로 보인다. 그러나 밀크티를 앞에 두고 그들이 나누는 이야기를 들으니 이들이 그동안 힘들고 어려울 때마다 함께 시간을 보냈다는 걸 알겠다.

　실연했을 때, 새로운 사람을 만났을 때, 울고 웃을 때도 그들은 함께 차를 마시고 있었다. 어수선한 집안을 그대로 보여줘도 괜찮았고, 그런 풍경이 오히려 더 아늑했다는 고백도 사랑스럽다. 가끔 궁금해하고 서로 이야기를 들어주는 게 고작인가 싶다가도 문득 그게 참 귀한 역할이란 걸 새삼 알게 된다. 특별히 해줄 것도 부탁할 것도 없는 관계라는 걸 누군가가 쓸모없는 관계라고 부르고 싶다면 나는 그에게 사노 요코의 말을 들려주고 싶다.

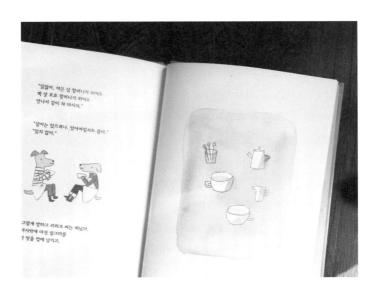

"잊갈아, 여든 살 할머니가 되어도,
백 살 호호 할머니가 되어도,
만나서 같이 차 마시자."

"살아는 있으려나. 잊어버릴지도 몰라."
"잊지 않아."

그렇게 말하고 리리로 씨는 떠났다.
마지막에 마신 밀크티를
한 방울 컵에 남기고.

생각해 보면 친구란 것은 쓸모없는 시간을 함께 보내는 존재다. 나는 친구와 함께 아무 말 없이 돌계단에 앉아서 바람을 맞으며 몇 시간이나 멍하니 있었다. 실연한 친구에게 그저 이불을 덮어주는 것 외에는 아무것도 할 수 없었던 날도 있었다. 그날 나는 이불 속에서 울고 있는 친구 옆에서 가스오부시를 자르고 있었다.

사노 요코, [쓸데없어도 친구니까], p. 198

　[밀크티]의 리리코 상은 애인이 사는 곳으로 이사를 한다. 이제는 리리코 상이 키우는 귀한 꽃들과 바람에 날리는 색색의 빨래들을 볼 수 없고, 이따금 들려오던 노랫소리도 들리지 않는다. 돌보지 않아 휑한 옆집 마당을 볼 때마다 허전했던 마음이 리리코 상이 보낸 편지를 받는 순간 따뜻함으로 가득 찬다. 둘은 예전처럼 함께 밀크티를 마시는 대신 편지를 주고받는 사이가 된다. 헤어져 있기에 전할 수 있는 마음을 담은 편지가 있어서 바로 옆에 살던 때보다 오히려 더 가까워진다.

만날 때마다 더 자주 만날 수 없음을 아쉬워하고 더 오래 함께 있을 수 없어 서운했던 마음은 친구나 나나 좀처럼 드러내지 않는다. 친구에게 리리코 상 얘기를 해 줄까? 오랜만에 만났어도 방금 헤어졌던 사람들처럼 스스럼없고 헤어져 있을 때 더 가까워질 수 있는 사이, 매일 편지를 써도 할 말이 넘치고 호호 할머니가 될 훗날의 약속을 미리 해 놓을 수 있는 사이,

무엇보다 쓸모없는 시간을 함께 보낼 수 있는 사이,

우리 사이가 그런 사이라서 얼마나 좋은지 모르겠다고.

내 앞으로 오지 않은
편지를 읽다

리디아의 정원

우편함에서 우편물을 꺼내왔다. 흐트러지지 않게 고무줄로 묶인
우편물 묶음이 제법 묵직하다. 그렇지만 별거 없을 거라는 걸 벌
써 안다. 한 달에 한 번 백화점에서 보내주는 월간지, 건강보험료
자동이체 청구서, 운전면허 갱신 안내장, 신제품이 나왔다는 소
식을 알려주는 화장품 카탈로그다. 대부분 광고지와 고지서, 청
구서들뿐이다. 대충 내용만 확인하면 그대로 버려진다. 그런데
이번은 아니다. 진짜 편지가 들어있다. 가슴이 쿵 떨어진다. 요즘

손편지를 주고받는 게 예삿일이 아니기 때문이다. 다정한 사람이 시간을 쪼개서 썼을 편지를 읽다가 부끄럽고 고마워서 가슴이 뻐근해졌다.

고등학교 때 나란히 앉았던 친구는 내게 매일 편지를 썼다. 학교 매점에서 파는, 검은 선이 그어진 편지지를 빽빽하게 채운 편지였다. 짝은 내 옆에 앉아서 쓴 편지를 접어 편지 봉투에 넣고 봉한 다음 내 주소와 이름을 적고 우표를 붙였다. 가까이 앉아 있어도 내게 편지를 바로 전해주는 날은 없었다. 친구가 하굣길에 편지를 우체통에 넣으면 다음 날 수업을 마치고 집에 갔을 때 예의 그 편지가 도착해 있었다. 편지에는 어제의 친구 마음이 들어 있었고 내 오늘의 마음 역시 편지 봉투에 담겨 내일의 짝에게 배달되었다. 누가 누구에게랄 것도 없이 맹렬하게 편지를 쓰던 시절이었다.

언제부턴가 편지를 주고받지 않게 되었으나 여전히 읽는 것은 좋아한다. 내 앞으로 오지 않은 편지를 읽는 일에는 엿보기의 짜

릿함이 더해져서 그 즐거움이 한층 농밀하다. 나로서는 정확히 알 수 없는 그들만의 사정과 마음을 짐작하는 일에는 이른바 은밀한 탐색의 즐거움이 끼어드는 것이다. 내가 편지로 엮은 글들을 좋아하는 이유다.

〔채링크로스 84번지〕, 〔키다리 아저씨〕, 〔건지 아일랜드 감자 껍질 파이클럽〕 같은 책들을 읽고 있노라면 어느새 내가 편지를 쓰는 사람 혹은 받는 사람처럼 입술을 오므리고 웅얼웅얼 읽고 있는 걸 발견한다. 내가 읽고 있는 것은 단순히 책을 주문하는 짧은 편지이거나 장학금을 받는 대신 써야 하는 의무로서의 편지, 작가적 호기심을 충족시키고자 쓰는 편지의 모습을 하고 있지만, 나는 어쩐지 그들이 편지에 적은 단어와 문장 뒤에 숨겨 보낸 감정들을 찾아낼 수 있을 것 같았다. 누가 사랑에 빠졌는지, 얼마나 보고 싶은지, 염려와 불안으로 잠 못 이루는 밤이 얼마나 긴지를 말이다.

〔리디아의 정원〕에는 리디아가 쓴 열두 편의 짧은 편지가 들어 있다. 짐 외삼촌에게 쓴 첫 번째 편지를 제외한 나머지 편지 어디에서도 우울하거나 슬픈 이야기를 찾아볼 수 없다. 그러나 그림책이 펼쳐 보여주는 세계는 아름다우면서도 우울하고 슬프다. 편지 속 리디아는 꽃을 키우고 빵 만들기를 배우는 것에 온통 정신이 팔린 듯 보이지만, 나는 리디아의 다정하고 솔직한 편지를 한 장씩 읽을 때마다 리디아가 생략한 이야기들이 페이지마다 슬그머니 모습을 드러내고 있음을 놓칠 수 없다.

방금 도착한, 앞으로 살게 될 빵집이 있는 골목에 관하여 리디아는 이렇게 쓴다.

보고 싶은 엄마, 아빠, 할머니,

가슴이 너무 떨립니다!

이 동네에는 집집마다 창밖에 화분이 있어요!

마치 화분들이 저를 기다리고 있었던 것처럼 보입니다.

우리는 이제 봄이 오기만 기다릴 거예요.

할머니, 앞으로 제가 지내며 일할 이 골목에

빛이 내리비치고 있습니다.

1935년 9월 5일

모두에게 사랑을 담아서, 리디아 그레이스

추신, 짐 외삼촌은 잘 웃지 않으세요.

자동차에서 방금 내린 리디아가 빵집 앞에 서 있다. 붉은 벽돌 건물 틈으로 보이는 어둡고 좁은 골목에 빨래가 걸려있고 자동차 사이로 사람들이 희미하게 보인다. 색깔 없이 건조하고 우울한 골목이다. 자세히 보이지는 않지만, 사람들의 표정도 시무룩하니 지쳐 있을 것이다. 리디아는 이제 이곳에서 좀처럼 웃는 법 없는 짐 외삼촌과 함께 살아가야 한다.

　그런데도 리디아는 우울해하거나 의기소침해지는 대신 빈 화분들과 빵집 건물에 내리비치는 햇살을 편지 속에 풀어놓는다. 꽃 가꾸기를 좋아하는 리디아 눈에는 다가오는 봄에 꽃으로 채울 수 있는 빈 화분들이 자기를 기다리고 있던 것처럼 특별하게 보이기 시작한 것이다. 이제 부모님과 할머니는 빈 화분에 담은 리디아의 봄을 기다리는 마음을 나누어 가진 채 다음 편지가 도착할 때까지 함께 기대하며 설렐 것이다. 그녀의 편지에는 그런 힘이 있다.

어린 소녀 리디아가 움직일 때마다 작은 꽃들이 피어난다. 빈 화분들이 꽃으로 채워지고 어두운 골목길이 환해지고 빵집에 사람들이 모여든다. 어쩐지 외삼촌의 얼굴에도 곧 웃음이 피어날 것 같다. 리디아가 뭔가 굉장하고 어마어마한 음모를 꾸미는 동안 색깔 없는 골목길의 삶에도 조금씩 색이 더해진다. 리디아가 가꾼 작은 꽃들이 만들어낸 색이다. 마침내 리디아가 황량하게 버려진 옥상을 비밀정원으로 바꾼 날 짐 외삼촌의 놀란 표정이란!

리디아의 편지들은 짧다. 그러나 자세하다. 작은 꽃씨 몇 알만큼 짧지만, 문장을 들여다볼수록 씨앗이 품고 있는 잎과 꽃들의 풍성함만큼 자세하다. 리디아가 혼자 기차를 타고 집을 떠날 때, 집으로 돌아와 할머니와 함께 바구니를 들고 빛이 환한 들판으로 걸어갈 때 꽃씨 봉투들이 떨어진다. 꽃씨 봉투는 편지 봉투처럼 생겼다. 그렇다. 리디아의 편지 속 단어들은 꽃씨였다. 꽃들은 어려운 시절에도 앞으로 나아가기를 멈추지 않는다. 리디아가 엄마 아빠 할머니에게 배운 아름다움을 담아 정원을 만들어낸 것처럼 아름다운 것들은 가난과 슬픔을 이길 힘을 갖고 있다. 꽃씨가 그렇고 편지가 그렇다.

집안에서 마당으로 나갈 때마다 버릇처럼 심호흡을 한다. 갇혀 있던 것도 아닌데 나가면 숨통이 트인다. 마당 식물들을 눈에 담으며 몇 걸음만 걸으면 물처럼 고여있던 생각들이 다시 움직이기 시작한다. 읽을 것, 공부할 것, 정리할 것, 쓸 것, 연락할 사람, 버려야 할 물건들, 기억해야 할 약속들이 파노라마처럼 지나가고 나면 거기 내가 하고 싶은 일, 내가 보고 싶은 사람, 내가 가고 싶은 곳이 보인다. 드러난 것 뒤에 항상 더 많은 것들이 숨어있다. 그림책 〔리디아의 정원〕도 그렇다. 들여다볼수록, 책장을 천천히 넘길수록 더 잘 보인다. 저녁 설거지를 마치고 아직 빛이 남아있는 마당에서 낮 동안 숨어있던 꽃들을 발견할 때 나는 내가 리디아가 된 듯한 착각에 빠진다.

잠깐이라도 틈이 날 때마다 옥상에 만든 비밀 정원을 돌보러 가는 리디아의 마음이 이랬을 거라고, 그곳에 올라서서 할머니와 엄마와 아빠를 마음껏 그리워했을 거라고, 두고 온 뜰의 향기와 바람을 기억했을 거라고, 외삼촌 얼굴에 떠오를 미소를 그려보며 꽃에 물을 주고 벌레를 잡아주었을 거라고, 다음번 편지에 전할 기쁜 소식을 만들기에 골몰했을 거라고, 아마 울기도 했을 거라고, 때로는 외롭고 겁나고 불안하기도 했을 거라고, 그 마음들을 외면하는 대신 모두 끌어안고 엄마 아빠 할머니가 가르쳐준 대로 아름다움을 담아내려 노력했던 것을 알 것 같다.

그러니 나도 멈추지 않을 거라고, 느리지만 조금씩이라도 나아지려고 애쓸 거라고, 삶은 원래 그런 거니까. 황량한 옥상이 꽃으로 뒤덮이고 무뚝뚝한 외삼촌이 웃기 시작하고 썰렁했던 골목길 작은 빵집에 손님들이 몰려들고 리디아는 집으로 돌아갈 것처럼, 리디아가 할머니와 다시 만나 햇볕이 쏟아지는 뜰에서 다시 일을 시작하는 것처럼 나도 그렇게 다시 시작할 수 있어서 얼마나 다행이냐고 안도한다.

어둠 속에서
우리는

달 샤베트

저녁 준비를 할 때부터 날이 어두워지기 시작했다. 평소 같으면
식사를 마친 후에도 마당이 푸르게 빛날 즈음이었다. 먹구름이
동쪽 하늘에서부터 몰려오고 있는 걸 봤다고 생각했는데 순식간
에 내 머리 위까지 덮어버렸다. 바람 속에 먼지가 섞인 듯 흙냄새
가 끼쳐왔다. 굵은 빗방울이 떨어지기 시작하더니 곧 천둥 번개
가 요란했다. 번개와 천둥소리의 간격이 점점 짧아졌다. 두어 해
전에 번개로 컴퓨터가 나가버렸던 경험을 잊지 않고 있던 아이가

부리나케 전원 코드를 뽑는다. 요란하게 등장한 여름 소나기는 언제 그랬냐는 듯 쏜살같이 내뺐다. 산 중턱에 걸린 무지개와 물에 젖은 덱에 비친 맑은 하늘이 아니었으면 꿈을 꾼 줄 착각할 정도로 순식간에 벌어진 일이었다.

소리가 1초에 340미터를 간다는 걸 알고 난 후부터는 천둥소리를 무서워하지 않게 되었다. 소리가 움직일 수 있다는 것, 그 속도가 일정해서 소리가 시작된 곳을 가늠할 수 있다는 것, 그래서 벼락이 내가 있는 곳으로부터 정확히 얼마나 먼 곳에 떨어졌는지 가늠할 수 있다는 게 좋았다. 번개가 치고 천둥이 우르릉거릴 때마다 나는 몸집이 큰 동물들이 어두운 들판을 맹렬하게 내달리는 모습이 보이는 듯 했다. 천둥은 마치 날쌘 표범 같았다. 무서웠지만 마음을 끄는 풍경과 소리, 하늘과 땅 사이를 팽팽하게 잡아당기는 듯한 긴장감이 좋아서 번개가 칠 법한 날이면 미리 방문을 열어놓고 먼데 하늘을 쳐다보면서 기다렸다. 어둠 속에서 번개가 번쩍 나타났다 사라지면 속으로 헤아린 숫자에 340을 곱해서 번개와 나 사이의 거리를 계산했다. 멀게 느껴지면 내가 안전하다는 생각에 마음을 놓았고 가까우면 다가오는 위험에 맞서는 용감한 아이가 된 것 같아 무서우면서도 기뻤다. 게다가 운이 좋으면 정전이 되기도 했으니까.

　정전이 되면 엄마는 재빨리 초에 불을 밝혔다. 그런 밤에 엄마는 양초를 세울 수 있는 곳마다 불을 밝혀 두곤 했는데 일렁이는 촛불 주위의 풍경은 환할 때 보던 그것과는 달라서 주변 어둠 속에서 오히려 더 선명해진 느낌이었다. 우린 촛불을 가운데 두고 모여 앉아서 목소리를 낮추었다. 전기는 나갈 때처럼 들어올 때도 갑작스럽다. 일렁이는 촛불 아래 나지막한 목소리와 조심스러운 움직임들을 둘러싼 정적은 전기가 다시 들어오면 갑자기 깨진다. 어쩐지 한바탕 꿈이라도 꾼 것처럼 언제 그랬냐는 듯 집안은 다시 일상의 리듬을 되찾았는데 난 그 짧은 시간, 이곳이 아닌 다른 곳에 있는 듯한 느낌이 아쉬워 다음번 천둥 번개 치는 날을 몰래 기다리곤 했다.

　수필가 김서령은 촛불을 켜면 진짜 밤다운 밤이 찾아온다고 썼다. 어둡고 깊은 밤에는 촛불 앞에 앉아 있기만 해도 마음속 깊이 묻혀 있던 제 안의 소리가 두런두런 살아난다고 했다(산문집 〔참외는 참 외롭다〕). 어른이 된 지금도 촛불을 바라보고 있으면 오래 전 천둥번개로 정전이 되었던 밤과 촛불, 그 주위를 감쌌던 나직한 목소리들이 들리는 때가 간혹 있다. 백희나의 그림책 〔달 샤베트〕에서 정전이 되자 주민들이 불빛 주위로 모여드는 장면을 봤을 때 반갑기까지 했던 기시감은 그만큼 먼 시간에서 왔다.

더운 여름밤이다. 사람들은 바깥의 열기가 실내로 들어오지 못하도록 문을 닫고 에어컨과 선풍기를 돌리고 있다. 베란다 문을 활짝 열고 화분에 물을 주고 있는 반장 할머니의 집만 예외다. 할머니는 부채를 들어 더위를 물리쳐 보려 하지만 집집마다 돌아가는 에어컨 실외기의 뜨거운 바람에 시원하지는 않을 것이다. 불 켜진 창문 안으로 잠을 이루지 못하는 주민들의 모습이 보인다. 달이 녹아내리기 시작한다. 하늘의 달이 녹아내릴 만큼의 더위란 어느 정도일까? 달은 방울방울 녹아서 사라져버렸다. 달이 사라진 밤, 정전이 되었다. 선풍기도 에어컨도 멈췄다. 너도나도 할

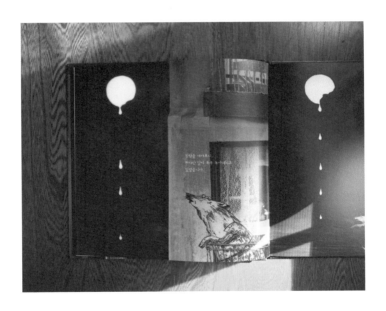

것 없이 밖으로 나왔으나 정전인 데다가 달마저 녹아버렸으니 사방은 어둠뿐이다.

반장 할머니가 달 녹은 물로 만든 샤베트를 먹으며 아파트 주민들은 더위를 식힌다. 어둠은 전깃불로 몰아내고 더위는 에어컨으로 이겨내던 사람들은 전기가 끊어지고 나서야 달빛이 얼마나 밝은지 에어컨 없는 밤이 얼마나 조용하고 시원한지 알게 된다. 놀랍게도 더운 여름밤 어둠 속에서 우리를 구원하는 건 에어컨 대신 달빛과 샤베트, 창문을 열고 청하는 단잠이었다.

함박눈이 내리면 엄마는 눈으로 샤베트를 만들었다. 장독대에 소복하게 쌓인 눈을 양푼에 담아 우유와 설탕을 넣고 휘저은 것을 유리컵에 담아주면서 샤베트라고 했다. 지금도 '샤베트'라는 단어를 말할 때마다 내가 떠올리는 것은 아이스크림 가게에서 먹을 수 있는 샤베트가 아니라 엄마의 눈 샤베트다. 반장 할머니가 만든 달 샤베트를 먹는 사람들을 보면서 오래전 겨울에 난로 옆에서 먹었던 눈 샤베트가 생각났다. 정전이 불러온 어둠 저편에서 오래된 기억이 샤베트처럼 달고 시원하게 살아난다.

너무 더워 달이 녹아버린 밤, 전기를 너무 많이 써서 정전이 된 밤에 오히려 단잠을 잘 수 있었던 아파트 주민들은 정말로 중요해서 꼭 지켜내야 할 것(하늘의 달)을 외면하고 사소한 것들(에어컨과 선풍기)에 매달리는 우리들의 모습이다. 냉방기를 작동시키고도 잠을 못 이루던 주민들이 정전이 되자 오히려 단잠을 잘 수 있었던 이유는 뭘까? 혹시 더워도 어둠도 곧 지나가는 것이라는 걸 새삼 깨닫게 되어서였을까? 정전되고 나서야?

　줌파 라히리의 단편 〔일시적인 문제〕에는 정전으로 불이 들어오지 않는 시간에만 솔직해지는 두 주인공이 나온다. 몇 달 전 아이를 잃고 서로 마주 보고 말을 하기도 어려워진 부부가 전기 배선 공사로 인해 하루 한 시간씩 며칠 동안 이어진 정전을 빌미 삼아 마음을 연다. 누구의 잘못도 아닌 일로 마음을 다친 그들이 어둠 속에서 촛불을 밝히고 나누는 이야기를 들으며 나는 '일시적인 문제'가 그들 간의 단절된 시간이라고 생각했지만, 사실은 일시적인 것은 정전이고 정전이 가져온 며칠간의 솔직함일 뿐이었다. 삶은 냉정하기만 해서 어떤 비틀림은 영영 회복되지 않을 수

167

있구나 싶었다. 결국 배선공사가 끝나자 일시적인 문제 — 솔직하게 이야기를 나누던 시간들 — 도 함께 해소되어 그들은 각자의 길을 간다.

많은 경우 문제 해결 방식은 태도의 문제이기도 하다. 아이를 잃은 슬픔을 마주하는 태도, 폭염을 대하는 태도, 달이 녹아내리는 것을 발견했을 때의 태도, 살 곳을 잃은 달토끼들이 찾아왔을 때의 태도…, 무엇보다 비틀리지 않은 관계가 주는 기쁨은 바로 회복일 것이다.

무더운 여름밤 창문을 활짝 열고 깊은 잠을 잔 주민들은 다음 날 아침에 지난밤 일을 한바탕 꿈으로 기억할까? 달 샤베트가 시원하고 달콤하다고 했으니 아이였던 내가 함박눈이 내리던 날에 달아오른 난로 옆에서 받아먹었던 눈 샤베트처럼 꿈 같을까?

모든 게
새롭게 보였던 순간

수영장 가는 날

체육 시간이 제일 싫었다. 달리기도 공 던지기도 어려웠다. 시간
표에 체육이 들어간 날은 학교에도 가기 싫었다. 체육 수업이 있
는 날 비가 오면 세상이 내 편 같았다. 운동장이나 체육관 수업에
서는 행여 눈이라도 마주칠까 봐 요리조리 피해 다녔던 체육 선생
님도 그날만큼은 마음껏 쳐다볼 수 있었다. 한 학기에 몇 번 들춰
볼 기회가 없던 체육 교과서마저 재미있었지만, 체육 수업이 있는
날 비가 내리는 우연은 그리 자주 찾아오는 행운은 아니었다. 교

실에서 체육 수업을 하는 날, 몸을 배배 꼬며 지루해하는 반 친구들과 달리 나는 배구 규칙이나 올림픽 역사 같은 걸 받아 적으며 홀로 신이 났었다. 그러나 많은 날에 나는 달리기에서 꼴찌를 하거나 피구 경기에서 제일 먼저 탈락해 구석에 처박혀 있는가 하면 뻣뻣한 몸놀림으로 댄스 시간에 웃음거리가 되곤 했다.

2교시에 체육이 있는 날이었다. 그날은 곧 다가오는 체력장에 대비해서 모든 종목을 연습 삼아 한 번씩 해보자고 한 날이었다. 달리고 매달리고 던져야 하는 날이란 끔찍했다. 체력장 당일에 하는 것도 괴로운데 연습까지 해야 하다니, 둔하고 느린 몸이라 미리 한 번 뛰고 매달리고 넘어본다고 해서 기록이 좋아질 리도 없었으므로 나는 단지 하기 싫은 것을 두 번씩이나 해야 한다는 사실만으로 아침부터 눈도 뜰 수 없을 만큼 피곤해 있었다.

체육 수업만 피할 수 있다면 뭘 해도 좋겠다고 생각했지만 달리 무슨 수가 있을 리 없었다. 머리도 아픈 것 같고 가슴은 뛰고 멀미가 났다. 첫 시간 수업이 끝나자마자 교무실로 갔다. 담임선생님께 몸이 아파서 조퇴를 해야겠다고 했다. 거짓말이 아니었다. 체육 시간을 피하고 싶은 마음에 몸까지 병이 들었다. 머리는 점점 더 아파왔고 메스꺼움도 심해져서 어디에라도 금방 누워 버리고 싶었다. 선생님은 내 얼굴을 보더니 얼른 집에 가라고 조퇴증을 써줬고, 교문 수위실에 내고 가면 된다고 했다. 교실로 가서 가방을 챙겨 들고 어리둥절해 하는 반 친구들을 뒤로하고 밖으로 나왔다. 교문을 향해 가는 도중 마주친 학생주임 선생님이 어디 가느냐고 나를 불러 세웠다. 손에 쥔 조퇴증을 내밀었다.

"도장이 없네. 선생님 도장이 없잖아."
"……"
"학생, 담임 선생님한테 다시 가서 도장 찍어 달라고 해."
학생주임은 나를 돌려세웠다. 체육복을 갈아입은 친구들이 운동장으로 나가는 모습을 보면서 교무실로 향했으나 담임선생님의 의자는 비어 있었다. 옆자리의 선생님이 내 얼굴을 보더니, 의자에 앉아서 기다리라고 했다. 수업이 끝날 때까지 벌을 서는 기분이었다. 눈을 둘 곳이 없어 당황스러웠다. 창밖으로 시선을 돌리는 순간 '아! 거기' 운동장에서 뛰고 던지는 아이들이 보였다.

달리기를 하는 아이들은 서너 명씩 출발선에 서 있다가 호루라기 소리가 나면 달려 나갔다. 내가 빠졌어도 매번 꼴찌가 있다는게 정말 신기했다. 그때까지만 해도 꼴찌는 나만 하는 건 줄 알았다. 공을 멀리까지 던지는 아이가 있는가 하면 바로 앞에서 떨어뜨리고 마는 아이가 있었다. 두 팔로 철봉에 매달리자마자 떨어지는 아이들도 제법 있었다(나는 그래도 몇 초는 매달려 있을 수 있었다!). 친구들은 철봉에서 떨어지거나 멀리뛰기를 하다가 엉덩방아를 찧고 나서도 손을 툭툭 털고 일어났다. 제일 늦게 들어왔다고 아무도 창피해하지 않았고 누구도 놀리지 않았다. 먼저 끝난 아이들은 서너 명씩 그늘에 모여 앉아 놀고(?) 있었다. 교무실 유리창을 통해 바라본 체육 시간은 그동안 내가 생각해왔던 것과 하나도 닮지 않았다.

그날 나는 조퇴하지 않았다. 그날 이후 예전만큼 체육 시간을 무서워하지 않았다. 갑자기 달리기를 잘하게 되었다거나 윗몸일으키기가 쉬워진 것은 아니었지만 적어도 그게 전부가 아니라는 걸 알게 되었다. 게다가 나 말고도 꼴찌를 하는 친구들은 항상 있었다.

염혜원의 그림책 〔수영장 가는 날〕에는 수영장에 가기 싫어하는 아이가 나온다.

나는 그 자그마한 아이가 수영장 가는 날 아침만 되면 왜 배가 아픈지 너무 잘 알 것 같아서 마치 그림책 속으로 들어간 기분이 들었다. 처진 어깨로 느릿느릿 수영복을 갈아입는 모습, 다른 아이들이 물속에서 첨벙거리는 동안 수영장 가장자리에 앉아있기만 하는 아이에게서 오래전 체육 시간의 내 모습을 다시 보았다. 내가 멀찍이 떨어져서 뛰고 구르는 같은 반 친구들을 바라보았던 것처럼 물장구를 치는 아이들을 물끄러미 바라보는 아이의 심경이 고스란히 전해져 왔다.

난 내내 수영장 가장자리에 앉아만 있었어.
수영 수업이 끝나자 배가 덜컹해졌어.

난 수영 모자를 벗고 샤워기 아래 섰어.
다른 애들처럼 나도 머리카락이 젖도록 말이야.

아이에게 얘기해주고 싶었다. 생각보다 어려운 건 아니라고, 누구에게나 처음은 쉽지 않다고 말해주고 싶었다. 넘어지면 일어나서 다시 시작해도 되는 거라고 말이다. 내 마음을 알아챈 듯 아이를 지켜보고 기다려주다가 조심스럽게 내민 수영선생님의 손길이 마치 나를 향한 것 같았다. 드디어 몸이 물에 둥둥 뜬 순간에 아이가 입을 살짝 벌리고 눈을 동그랗게 뜬 채 '아주 조용했고, 모든 게 새롭게 보였던' 순간을 온몸으로 느끼는 장면에서 좀처럼 앞으로 나아갈 수 없었다. 경계를 넘어선 사람의 세상은 이렇겠구나 싶었다.

아이는 엄마에게 대놓고 수영장에 가기 싫다고 말하지 못한다. 수영선생님에게도 마찬가지다. 제대로 해낼 수 없을지도 모른다는 불안함에 압도당한 나머지 수영장에 가기 싫어진 것이다. 그러나 그 마음을 그대로 드러내지도 못한다. 아이가 할 수 있는 것은 고작 배가 아픈 것, 수영 모자가 작다고 불평하는 것이 전부다. 나 역시 그랬다. 달리는 게 쉽지 않다고, 매일 꼴찌를 하는 게 부끄럽다고, 그래서 체육 시간 같은 건 없었으면 좋겠다고 말하는 대신에 몸이 아플 뿐이라고, 오늘만 쉬면 괜찮아질 거라고 자신을 속였다.

맞닥뜨리기 싫은 상황 앞에서 뒷걸음질을 칠 때마다 세상은 점점 좁아졌다. 맞서거나 뛰어넘는 대신 못 본 척하거나 빙 돌아가는 것을 택했다. 내 힘으로는 어떻게 해볼 도리가 없을 거라는 지레짐작으로 아무런 시도도 하지 않은 채 내가 만든 담장 아래서 주저앉아 있는 게 고작이었다. 눈을 딱 감고 상황 안으로 뛰어 들어가거나 주위에 도움을 청할 생각도 하지 못했다. 머물러 있는 것은 싫지만 뚫고 나아가기에는 겁이 나서 걸림돌을 맞닥뜨릴 때마다 필요 이상으로 끙끙 앓았다. 제대로 준비하지 못한 시험날 아침, 시험장에 가다가 넘어져 다리라도 부러졌으면 했던 그 마음이 아직도 내 속에 남아서 불쑥불쑥 나를 괴롭힌다. 수영장에 가기 싫어했던 아이에게서 여전한 내 모습을 본다.

선생님이 호루라기를 불었지만 난 물에 들어가지 못했어.
선생님한테 배가 또 아프다고 말했지.
그러자 선생님이 내게 손을 내밀었어.
"자, 내가 도와줄게."

경계를 넘어서는 보다 쉬운 방법은 하지 못해도 괜찮다는 걸 아는 것, 그래서 시도해 보는 것이다. 실패의 두려움 대신 작은 용기를 내는 순간 나도 모르게 갇혀 있던 울타리 바깥으로 나왔음을 알게 된다. 해냈다는 걸 깨닫는 순간 우리들은 안도하고 또 자란다. 삶의 어느 부분은 좀 모자란 듯 놔두어도 괜찮다. 안 되는 것, 겁나는 것, 피하고 싶은 것들을 인정하고 나면 삶이 그만큼 편해진다. 안 보이던 게 보인다. 무엇보다 자신에게 너그러워진다. 좋아하는 것들에 한층 더 집중할 수 있게 된다. 운이 좋다면 여태 할 수 없다고 생각했던, 나와는 인연이 없다고 밀쳐 두었던 뭔가를 잘 할 수 있게 될지도 모른다. 숨어있는 재능을 찾아낼지도, 잊었던 기쁨을 발견하게 될지도 모른다. 삶은 매 순간 모습을 바꾼다. 산다는 게 참 신기하다.

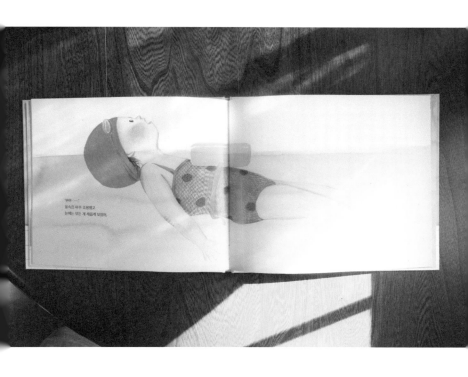

오! 엄마,
엄마라는 이름으로

선블록이 똑 떨어졌다. 시장 보러 갔다가 화장품 코너에 들렀더니
낯익은 점원이 나를 맞았다. 계산하는 그녀를 바라보는데 나도 모
르게 말이 나왔다.

"요즘 피곤하신가 봐요?"
"아, 표시가 나요? 그러면 안 되는데. 요즘 애가 아파서 잠을
통 못 잤거든요."

표시 나면 안 될 게 뭐 있나 고개를 갸우뚱하다가 '아차!' 싶었다. 그녀는 화장품을 파는 사람이 아니던가. 잠을 못 자도 365일 싱그러운 피부를 지킬 수 있다는 화장품 광고를 하는 판에 푸석한 얼굴로 있으면 안 되긴 하겠다는 생각이 그제야 났다. 엄마로 애쓰는 시간이 드러나면 안 되는 얼굴이라니, 화장품을 받아 들고 돌아서면서도 남의 일 같지 않았다.

아이가 어렸을 때 나는 엄마라는 타이틀이 가면처럼 나를 덮어씌우는 것 같아 숨이 막혔다. '엄마니까 그러면 안 돼, 엄마니까 그 정도는 참아야 해, 엄마가 안 하면 누가 하지? 엄마니까 괜찮아, 엄마니까….'

아이가 유치원에 들어가기 전이었으니 20년이 훌쩍 넘은 이야기다. 백화점에 갔다가 마침 무료 마술 공연이 있다고 해서 공연장을 찾았다. 젊은 남자 마술사가 무대에 섰다. 화려한 손동작으로 몇 가지 마술을 보여준 후에 그중 한 가지를 가르쳐주겠다고 했다. 플라스틱 빨대를 사용해서 접고 돌려서 빼는 동작이었다. 아이들과 부모들이 나란히 앉아서 무대 위 마술사의 동작을 따라

했다. 성공한 사람보다 실패한 사람들이 많았고 나도 그중 하나
였다. 그가 말했다.

"간단한 건데 쉽지 않지요? 보통 집에서 살림하면서 애기 키
우는 엄마들이 이걸 잘 못 하더라구요."

좌중에서 웃음이 터졌다. 거기 앉아있는 어른 대부분은 엄마들
이었다. 남들도 그러니까 틀렸다고 부끄러워하거나 기죽지 말라
는 뜻인지, 엄마들은 이렇게 간단한 걸 하지 못해도 괜찮다는 것
인지 모를 말이었다. 나는 그 마술사가 어떤 뜻으로 그 말을 한
건지 묻고 싶었다. 엄마를 내세우면 못해도 괜찮다는 생각, 엄마
니까 괜찮다는 말에 나는 여전히 발끈한다.

엄마라는 단어에는 정형화된 이미지가 숨어 있다. 나 역시 엄
마가 되기 전부터 엄마의 몫으로 주어진 덕목들을 내면화했던 모
양이다. 정작 엄마가 되고 나서 스스로 규정 지은 엄마의 역할을
내가 제대로 해내지 못한다는 것을 알았을 때의 열패감이란! 엄
마라는 단어에 자신을 욱여넣으려고 무던히 애쓰고 종종 실패했
고 기어이 절망했던 것도 여러 번이다.

그럼에도 불구하고 나는 엄마였다.

아이가 며칠 동안 계속 시험을 치러야 했던 때가 있었다. 두 시간이 넘는 거리를 오가면서 온종일 걸리는 시험을 며칠이나 치르기는 어려울 것 같아 시험장 근처에 숙소를 얻었다. 수험생은 시험 준비만으로도 벌써 지친 상태인데 덜컥 병이 났다. 가만있어도 식은땀을 줄줄 흘리는 아이를 놔두고 돌아설 수 없었다. 예민해져 있는 아이에게 방해가 되지 않도록 밖에서 시간을 보내다가 아이가 잘 때쯤 들어가서 자고 아침에 시험장에 데려다주기로 했다.

느닷없이 호텔 생활이 시작됐다. 아이가 잠들 시각까지 숙소 밖에서 버텼다. 새벽에 일어나 아이를 깨우고 아침, 저녁을 먹이고 약 챙기고 학교에 데려가고 데려왔다. 낮에는 아이의 먹을거리를 구하러 다녔다. 몸이 아프니 식당에 데려갈 수도 없고 식성이 같지 않으니 함께 먹을 수도 없었다. 저녁을 먹고 옷을 갈아입고 침대에 앉아서 책을 들여다보고 있는 아이를 보면 긴장이 풀렸다. 나갔다 오겠다고 가방을 들고 씩씩하게 나오지만, 엘리베이터 문이 닫히면 한숨이 나왔다.

입버릇처럼 나는 혼자서도 잘 노는 사람이라고, 혼자 밥 먹고 혼자 구경하고 혼자 여행도 갈 수 있다고, 혼자라고 못할 건 없다고 큰소리를 쳤지만 그건 헛소리였다. 가고 싶은 곳도 하고 싶은 일도 없었다. 해야 할 일은 있었지만 할 수 없었다. 내가 할 수 있는 건 기다리고 바라보는 게 전부였다. 방 밖에서도 신기하게 아이가 보이는 듯했다. 내가 바보 같았다.

그런데 괜찮았다. 카페를 전전하고 하릴없이 갔던 길을 또 가고 다시 와도 괜찮았다. 주문해놓고 한 모금도 마시지 못한 커피를 쏟아버리면서도 아깝지 않았다. 사람들이 모여 앉아 웃음을 터트리며 떠드는 바로 옆 테이블에 앉아 졸기도 했다. 그 와중에도 일을 하겠다고 탭을 열어두고 있었으나 정신을 차리고 보면 완성하지 못한 단어들이 어지럽게 찍혀 있거나 애써 쓴 문장들이 지워져 있곤 했다. 이틀이 지나자 나는 영락없는 노숙자 꼴이 되었다. 아이는 일주일 동안 갈아입을 옷을 챙겨왔지만 나는 입은 옷 한 벌이 고작이었다. 옷을 빨아 말리기에 밤은 너무 짧았다. 그래도 괜찮았다. 그러고서도 괜찮은 이유를 생각했다. '늙었나?' '뻔뻔해졌나?' '지쳤나?' 답은 간단했다. 나는 엄마였다. 엄마라서 괜찮은 거였다. 이런!

엄마로 살아온 지 이십 년이 훌쩍 넘었다. 책장을 한 장씩 넘길 때마다 가슴이 쿵쿵 떨어지는 그림책 〔엄마〕를 발견했다. 그림 속 엄마의 표정이 바로 옆쪽의 글보다 선명하고 강렬한 건 내가 엄마이기 때문일까?

아기의 온갖 '처음'을 기대하며 가슴이 벅찬 엄마, 아이에게 온전한 세계이자 놀이 친구인 엄마, 뒤돌아 있으면서도 아니 함께 있지 않을 때도 아이가 보이는 엄마, 안고 있는 아이가 혼돈으로 가득한 세상에서 자신을 잃지 않고 살아가는 여자가 되기를 바라는 엄마, 아이에게 안전한 요새가 되어주고 싶은 엄마, 아이가 생기는 바람에 공부를 포기해야 했지만 그 아이가 자신에게 짐이 아니라 행운의 부적이라고 얘기하는 엄마, 남들이 뭐라 하건 아이와 함께하는 고요가 중요한 엄마, 삶의 무게를 이기지 못해 아이를 업은 채 잠이 든 엄마, 아이의 추위까지 감당해야 하므로 두 배로 추운 엄마, 아이에게 브로콜리를 먹이려고 애쓰는 엄마, 둘째를 임신하고 첫아이가 가여운 엄마, 아이를 품에 안아 기를 수 없는 엄마, 남편이 떠나버려 아이와 둘만 남겨진 엄마, 아무리 사랑해도 지칠 수밖에 없는 쌍둥이 엄마, 입맞춤 한 번에 평생의 사랑을 담는 엄마, 아이를 데려가고 데려오느라 버스 안에서 지쳐버린 엄마, 자신이 여자임을 그만 잊고 있었던 엄마, 아이에게 평화를 가져다주기 위해 떠나는 엄마, 언제까지나 누군가의 엄마로 남고 싶은 엄마, 아무리 힘들어도 삶을 아름답게 만들어주는 것을 마다하지 않는 엄마, 언젠가 늙어서 흐릿해질 기억을 염려하는 엄마, 이 모든 것에도 불구하고 아이와 눈을 마주치는 순간이 가장 기쁜 순간임을 잊지 않는 엄마….

엄마가 되고 나면 결코 이전의 나로 돌아갈 수 없다. 아이가 세상에 나와서 맞이하는 모든 것들처럼 엄마로 사는 일도 내게는 처음이었다. 쉽지 않은 게 당연하다. 엄마가 되면서 이름을 잃어버린 것도 나중에서야 알게 되는 삶이 헛헛하다. 엄마의 역할에서 벗어날 수 없어서가 아니고 하고 싶은 만큼 엄마 노릇을 할 수 없어서 엄마는 운다. 엄마만으로 살지 않겠다는 말은 엄마의 자리를 버리겠다는 게 아니라 엄마를 넘어선 사람으로 살고 싶다는 것, 누구도 알아듣지 못할 말이 아닌데 왜 끊임없이 되풀이 외쳐야 하는지….

아이를 잃은 여자가 울며 하는 말,
"나는 이제 엄마가 아닌 거야?"
"너는 영원히 엄마일 거야."
"아이가 없는 엄마?"
"아니, 그 아이의 엄마"

한 아이의 엄마가 되고 나면 우린 모든 아이의 엄마가 될 수 있다. 설혹 그 아이를 잃는다고 해도 엄마란 건 그런 거다.

189

#3　　　　그리하여

우리가 함께
기억하는 것들은

내가 놓친 것이
모란뿐일까

이른 봄날 아침, 을지로 우리은행 본점 앞에서 버스를 내린 참이
었다. 그날도 원래 내려야 할 곳보다 한 정류장 먼저 내려버렸다.
버스가 정차했을 때 유리창 바깥으로 보이는 오래된 벽돌 건물이
다음 정류장인 조계사 맞은편 농협 건물인 줄 착각했기 때문이었
다. 두 건물 모두 오래된 붉은 벽돌 건물이라 종종 벌어지는 일이
다. 평소 같으면 한 정거장 정도 걷는 것은 별문제가 아니었으나
그날은 마치 겨울처럼 쌀쌀한 날씨여서 실수가 한층 크게 다가왔

다. 도로 건너편 보도에는 그나마 봄볕이 내려앉았으나 내가 걷고 있는 쪽은 그늘이었다. 공기는 칼날처럼 날카롭고 구두 밑창을 통해 느껴지는 보도블록은 아직도 얼어붙은 듯 딱딱했다. 차가 지나갈 때마다 찬바람이 내 쪽으로 불어왔다. 생각보다 추운 날씨여서 고개를 숙이고 종종걸음을 쳤다. 지하도에라도 들어가야겠다는 생각이 들었다. 영풍문고를 가로질러 종각역 지하도를 거쳐서 종로서적으로 들어갔다. 방금 문을 연 서점은 따뜻하고 아늑해서 오렌지색 동굴 같은 느낌이 났다. 책들이 쌓여 있는 곳을 어슬렁거리고 싶었지만 약속 시각이 금방이라 서둘러야 했다.

다시 지상으로 나왔다. 가게들이 문을 열고 있었다. 아직 활기가 느껴지지 않는 거리는 오래되어 먼지가 쌓인 수묵화 같았다. 방금 내가 지나쳐 온 따뜻하게 반짝이는 전구들 아래 놓여있던 색색의 책 표지들 때문이었을까? 잿빛 승복, 잿빛 방석과 하얀 초, 먼지가 내려앉은 한지 묶음들이 칙칙해 보였다. 간혹 분홍빛 연등과 반짝이는 금박을 입힌 작은 불상들이 보였지만 그 물건들도 마찬가지였다. 이따금 미닫이문이 열리고 누군가가 들어가고 나왔으나 그마저도 꿈속처럼 느리고 탁했다. 거리 전체를 뒤덮고 있던 침묵은 현수막이 걸려있는 조계사 앞에서 깨졌다. 몇 년 전부터 변함없는 풍경이다. 언제부턴가 그곳은 청정 도량이 아니라 크고 작은 분쟁과 의혹과 구호가 난무하는 곳이었다. 그날도 역시 반향 없는 외침이 현수막에 갇혀 펄럭거렸다. 가슴이 답답하기는 마찬가지였다.

부푼 꽃눈을 달고 있는 모란의 가지들이 눈에 들어온 건 바로 그때였다. 현수막 옆으로 키 작은 관목들이 자라고 있었다. 겨우내 매달려 있었을 마른 잎들 사이로 불그레한 꽃눈들이 당당하게 솟아 있었다. 바로 며칠 전 마당의 모란들을 살펴보았으나 아직 겨울잠에서 깨어나지 않은 것을 확인한 참이었다. 두꺼운 껍질을 벗지 못한 우리 집 마당 모란과는 달리 조계사로 들어가는 계단 옆 식물에는 봄이 한발 먼저 와 있는 듯했다. 모란 꽃눈에 놀라고 반가워하다 보니 바로 옆 철쭉에도 가지 끝마다 작은 꽃눈들이 빼곡했다.

모란은 봄이면 내 얼굴 크기만 한 꽃을 피워 마당을 밝힌다. 아기 주먹같이 큼직한 꽃봉오리가 점점 부풀고 꽃잎이 하나둘 열리는 순간 봄은 절정에 이른다. 꽃잎들을 모아 이어 붙여서 옷 한 벌 짓고 싶다는 애들 장난 같은 생각을 해마다 되풀이한다. 모란만큼 부드럽고 매끄럽고 하늘거리는 꽃잎을 알지 못하는 나는 아직 꽃 색을 짐작할 수도 없을 만큼 작은 꽃눈 몇 개를 발견한 것만으로도 벌써부터 가슴이 울렁거렸다. 모란과 철쭉이 있다는 걸 알았으니 내가 지나온 회색 거리를 더는 염려하지 않아도 되었다. 꽃과 나무들은 벌써 여러 해 동안 그 자리에 있었을 터였다. 조계사 앞을 무수히 지나쳤을 텐데 어째서 나는 현수막만 기억하고 모란은 기억하지 못하는 걸까?

시드니 스미스의 그림책 〔거리에 핀 꽃〕의 빨간 옷을 입은 소녀라면 진작 알아챘을 것이다. 소녀는 복잡한 거리를 바쁜 걸음으로 오가는 사람들 사이에서, 자전거가 묶여 있는 기둥 아래 어둑한 굴다리 갈라진 벽 틈에서, 양지바른 담벼락 아래 보도블록 사이에서 삐죽하니 솟아오른 꽃들을 발견한다. 마치 김춘수의 시

'꽃'을 그림책으로 읽는 기분이다. '다만 하나의 몸짓에 지나지 않았던' 꽃들은 소녀에게 발견된 후에 진정한 의미로서의 "꽃"이 된다.

거리에 핀 꽃들은 누구도 돌봐 주지 않는다. 아스팔트로 덮인 길가의 구석이나 벽돌 틈 사이에서 뿌리를 내리고 사는 작은 꽃들은 묵묵히 홀로 자라 꽃을 피운다. 꽃을 바라보면서도 자신들이 보고 있는 것이 꽃인 줄 모르는 사람들이 그 길을 오간다. 무언가에 정신이 팔려 내려야 할 정류장에서 제대로 내리지 못하고, 이미 그곳에서 오래전부터 사는 모란을 이제서야 발견하고 수선을 떠는 나도 그중 하나다. 내가 놓친 것이 모란뿐일까? 걷고 있는 중에도 누군가와 전화를 주고받아야 하고, 건널목에서 신호가 바뀌기를 기다리면서도 책을 읽는 어른들이 봄과 꽃을 볼 수 없는 것은 당연하다.

우리는 왜 꽃을 보지 못할까?
보고도 모르고 스쳐 지나가는 것들은
또 얼마나 많을까.

　책장을 넘길 때마다 황량했던 거리가 조금씩 색을 입는 것을 바라보는 일은 기쁘다. 소녀가 찾은 꽃에 '아름다움'이라는 이름을 붙일 수 있다면 소녀가 꽃을 모으는 행동은 숨어있는 아름다움을 발견하는 일이다. 어린 소녀는 찾아낸 아름다움을 들고 다니다가 외로움에, 아픔에, 슬픔에 아낌없이 나누어 준다. 아이들 세계에서 아름다움은 숨지 않는다. 그곳에서 아름다움은 발견되는 것이 아니라 있는 그대로 존재하는 것, 아이는 아름다움과 자연스럽게 섞인다.

봄날, 마당에서 꽃 사이를 날아다니는 나비를 보면 내 삶이 지나치게 분주한 걸 알겠다. 아름다움을 발견하기에 속도는 필요하지 않다. 세상은 작은 아름다움으로 가득하고 작은 것들은 천천히 들여다봐야 보인다. 〔거리에 핀 꽃〕은 작은 것, 작은 사람, 작은 몸짓의 소중함을 알려주는 그림책이다.

무엇보다 이 책에는 글자가 없다. 글자가 없는 그림책들이 항상 더 많은 이야기를 들려주듯이 이 그림책 또한 말이 많다. 책을 다시 읽을 때마다 조금씩 다른 이야기가 만들어진다. 한 송이 꽃(아름다움)만으로 도시 전체를 밝힐 수는 없겠지만 꽃눈같이 작은 것들을 놓치지 않는 섬세함이야말로 희망을 움켜쥘 수 있게 하는 힘이다.

꽃점 치던
날

엄마 마중

시장에 간 엄마가 돌아올 때가 지났다. 동생과 나는 인형 놀이도
소꿉놀이도 지루해져서 열린 대문 너머로 이어지는 집 앞 골목
길을 바라보고 있다. 나는 동생 입에서 엄마가 언제 오느냐는 말
이 나올까 봐 벌써부터 조마조마한 참이었다. 울보 동생이 엄마
생각을 하지 않게 하려고 황당한 이야기를 만들어 내거나 새로운
놀잇감이 될 것 같은 뭔가를 찾아내려고 애썼다. 엄마가 왜 안 오
느냐고 동생이 울음을 터트리기라도 하면 엄마가 오기 전에는 도

저히 울음을 멈추게 할 방법이 없기 때문이었다.

전차 정류장에서 엄마를 기다리는 아가가 있다. 집에서 엄마를 기다리다 지쳐 정류장까지 나온 아가는 전차를 기다리는 사람들 사이에 서 있다. 아가는 심심해서 땅바닥에 그림도 그리고 기둥을 붙잡고 맴을 돌기도 하다가 쪼그려 앉아서 엄마를 기다린다. 전차가 들어올 때마다 차장에게 우리 엄마 안 오느냐고 묻지만 '너희 엄마를 내가 아느냐'며 그대로 지나가기 일쑤다. 날은 춥고 저물어 지칠 법도 하건만 엄마를 기다리는 아가는 추운 줄도 모르고 전차가 올 때마다 점점 더 간절해진다.

"다칠라. 너희 엄마 오시도록 한군데만 가만히 섰거라. 응?"

어느 다정한 차장이 남긴 말을 붙들고, 선 자리에서 꼼짝도 안 하는 아가 주위로 어둠이 내리고 눈이 날리기 시작한다. 엄마가 곧 올 거라는 마음과 그 자리에서 기다리고만 있으면 늦더라도 엄마는 꼭 올 거라는 믿음 사이로 슬며시 불안이 자리하는 게 보

히 서 있습니다.

이는 듯하다. 이태준과 김동성의 그림책 〔엄마 마중〕 속 아가는 오지 않는 엄마를 기다리던 오후 울먹이던 동생의 모습과 똑 닮아서 볼 때마다 더 귀엽고 더 아프다.

엄마를 기다리다가 지치면 꽃잎이 여러 장인 꽃을 꺾어 들고 동생과 마주 앉았다. 우리는 번갈아 가면서 꽃잎을 한 장씩 떼어 냈다. 꽃잎 한 장에 엄마는 오고 또 안 왔다. 꽃잎이 몇 개 남지 않으면 혹시 '안 온다'에 멈출까 봐 마음이 바짝바짝 타들어 갔다. 엄마가 온다는 점괘가 나오지 않으면 다른 꽃을 꺾어서 꽃잎을 처음부터 다시 세었다. 엄마가 곧 온다는 말을 꽃에서라도 듣고 싶었을까. 꽃잎이 딱 맞게 떨어지면 마음이 놓여서 잠깐은 편안했다.

동생에게 엄마는 곧 올 거라고 계속 말해야 했다. 금방이라도 울음이 터질 것 같은 얼굴을 바라보면서 내 안에서도 슬금슬금 불안이 쌓이고 있다는 걸 그때는 몰랐다. 지금쯤이면 엄마는 저 아래 건널목을 지나고 있을지도 모른다고, 조금만 더 기다리면 엄마가 올 거라고 입에서 나오는 대로 할 수 있는 말은 모조리 끌어다 뒀지만, 사실은 나도 동생에게 묻고 싶었다.

"엄마는 왜 안 오지?"

엄마는 대체 왜 아직도 안 오는 걸까. 엄마가 아빠랑 다투거나 우리가 말썽을 부리고 말을 잘 안 듣는 날이면 속상해서 못 살겠으니 그만 나가버려야겠다고 했던 게 생각났다.

'혹시 오늘이 엄마가 나가버린다고 했던 그날일까?
엄마가 이대로 나가서 영영 돌아오지 않으면
우리는 어떻게 살까?'

엄마가 돌아오면 다시는 엄마 속을 썩이는 일은 하지 않으리라. 부엌 옆 툇마루에 동생과 나란히 앉아서 엄마를 기다리던 저녁, 겉으로는 우는 동생을 달래고 어르고 혼내면서 속으로는 반성하고 다짐했던 작은 아이가 바로 나였다.

울보 동생과 나, 우린 둘 다 엄마가 되었다. 아이를 데리고 오랜만에 집에 놀러 온 동생과 함께 버스 정류장 근처에 새로 생겼다는 옷 가게에 다녀오고 싶었다. 세 살과 다섯 살인 아이들은 놀랍게도 자기들은 집에서 놀겠다며 엄마들끼리 다녀오라고 했다. 순간 마음속에 들어온 '그래도 될까'란 질문은 정말 유혹적이었다. 어딜 가더라도 함께였던 아이를 집에 놔두고 우리끼리 외출을 하다니, 비록 몇 걸음 떨어지지 않은 아파트 건너편 상가라 할지라도 말이다. 서로 마주 보며 자기들끼리 놀겠다는 그 표정이 얼마나 신이 나 보이던지 그게 나을지도 모르겠다 싶었다. 마침 비도 내리고 있는 데다가 날씨도 쌀쌀해서 아이들과 함께 나가려면 성가실 게 분명했다.

새로 문을 연 옷가게는 밖에서 보기와 달리 아직 엉성했으므로 곧 나왔다. 나온 김에 저녁거리라도 사 가자는 생각으로 슈퍼마켓에 들렀고 길을 건너다가 붕어빵 냄새에 홀려 붕어빵 한 봉지도 사들었다. 빗줄기가 강해지고 바람까지 불어서 애들을 집에 두고 나오길 잘했다는, 아이들끼리 있겠다는 걸 보니 이제 다 컸다는 말까지 주고받으며 아파트 현관 계단을 오르려는 순간 우산 너머로 아이들의 모습이 보였다. 집안에서 입던 얇은 옷 그대로 비가 들이치는 현관 입구에서 손을 잡고 우리를 바라보고 있던 아이들을 몰아 집으로 들어갔다.

　엄마들이 너무 안 와서 찾으러 나갔다고. 엘리베이터를 타고 내려갔는데 경비 아저씨가 어디를 가느냐며 비도 오는데 엄마는 금방 올 테니 집에 가 있으라고 했지만, 자기들은 엄마가 너무 보고 싶어서 기다렸다고 했다.

　'엄마가 뭐라고.'

드디어 골목길에서 엄마 모습이 보였다. 양손에 장바구니를 들고 엄마가 오고 있었다. 이번에는 내가 울음을 터트렸다. 엄마를 기다리는 동안 동생을 달래느라 억눌린 불안과 두려움이 엄마를 보는 순간 터졌다. 꺼이꺼이 숨이 넘어갈 듯 우는 나를 보고 동생도 울기 시작했다. 도무지 울음이 멈추지 않았다.

"아니, 애들이 왜 이래. 이제 시장도 못 가겠네."

하긴 엄마가 뭘 알겠는가. 엄마 없는 동안 내가 지어낸 온갖 이야기들을, 우리가 뜯어낸 꽃잎들을, 떼를 쓰던 동생과 울면 엄마가 더 늦게 온다고 윽박지른 언니의 마음 졸였던 시간을 엄마가 어떻게 알겠는가. 나는 다음번 엄마가 시장에 갈 때는 무슨 수를 써서라도 꼭 따라가야겠다고 마음먹는다.

그림책 마지막 장에는 함박눈이 내려 쌓이는 마을의 전경이 보인다. 아가는 드디어 엄마를 만나서 손을 잡고 골목길을 걸어간다. 아가가 엄마를 기다리던 시간과는 완연히 다른 색조의 풍경이 마치 꿈길 같다. 그건 보일락말락 흐릿한 희망을 움켜쥐고 뭉게구름처럼 피어나던 불안을 누르며 엄마를 기다려본 이들에게 주는 작가의 선물이다.

  골목길 저편에서 엄마가 보였던 순간에 솟아났던 반가우면서도 원망스러운 마음을, 엄마가 온 다음에야 억눌린 감정들을 터뜨릴 수 있었던 그 안도의 마음을, 의심과 불안이 생길 때마다 코스모스 꽃잎을 한 장씩 떼어내며 엄마를 기다렸던 어리고 순수한 마음을 요즘도 내 안에서 발견할 때가 있다. 올까 안 올까, 나를 좋아할까 아닐까, 붙을까 떨어질까, 기대하고 겨루고 실망할 때마다 엄마가 오지 않는 것보다 나쁜 일은 없으니까 하는 마음으로 다시 선다.

우리들의 하루하루가
거기 있었다

공원을 헤엄치는 붉은 물고기

초겨울 도봉산역에서 전철을 기다리는 중이었다. 미세먼지에 오
래도록 시달린 끝에 맞이한 청명한 날씨여서 멀리 도봉산 정상이
눈앞으로 바짝 다가온 듯 선명하게 보였다. 공기는 베일 것처럼
날카롭고 차갑고 맑았다. 날은 쌀쌀했지만 움츠리는 대신 가슴을
펴고 심호흡을 하고 싶어지는 날이었다. 내가 탈 전철은 경기도
외곽으로 향하는 것이라 배차 간격이 넓었다. 도착 시각이 아직
멀었으므로 나는 사람들이 붐비는 곳을 지나 전철의 마지막 칸이

멈추는 곳까지 걸어갔다. 그곳은 전철이 도착하기를 기다리는 이들이 거의 없어 한적했다.

　바위산 위로 드넓게 펼쳐진 하늘을 잠시 바라보다가 가방에서 책을 꺼내 들었다. 지난밤 잠들기 전에 읽다가 접어둔 부분을 펴고 읽기 시작하려는 순간 한 할머니와 눈이 마주쳤다. 나보다 먼저 그곳에 서 계셨던 것 같았다. 누가 먼저라고 할 것도 없이 우린 눈인사를 나누고 빙그레 웃었다. 마치 나는 당신이 왜 여기 서 있는지, 굳이 플랫폼이 끊어지는 이곳까지 걸어왔는지 알고 있다는 신호 같았다. 소리 내어 말하지 않았지만 붐비는 곳을 벗어나고자 하는 마음을 설명할 필요가 없어 고맙고 다행스러운 이해의 표정이 거기 있었다.

　우리는 선로를 등지고 버스들이 달리는 도로 건너편에 우뚝 솟은 산을 바라보고 나란히 섰다. 헐벗은 바위들에 겨울 아침의 노란 햇살이 가 닿았다. 나란히 서 있던 할머니와 나는 아무런 말도 하지 않았지만 어색하거나 불편하지 않았다. 어차피 금방 전철이 도착할 거고 그러면 우린 차에 타서 빈자리를 찾아 앉으면서 자연스레 헤어지게 될 터이므로 손에 든 책을 읽고 싶다는 마음 같은 건 조금 밀쳐 놓아도 괜찮았다. 기껏해야 십 분이면 가벼운 목례와 함께 우리는 서로에게 등을 보이게 될 터였으니까.

할머니가 내게 어디 가느냐고 물었지만 그게 궁금했던 건 아닌 듯했다. 그 질문 이후로는 내내 당신 말씀만 하셨으니까. 할머니는 미용실에 가는 길이라고 하셨다. 지금은 여의도에 살고 있지만 의정부에서 오래 살다가 두 해 전 이사를 간 후 머리 손질하기에 마땅한 곳을 찾지 못해 의정부까지 가신다는 이야기였다. 여의도에서 의정부까지는 너무 멀지 않느냐고 놀란 표정을 짓는 내게 할머니는 웃어 보였다.

미장원 같은 곳은 역시 다니던 곳이라야 마음도 편하고 잘못될 일도 없는 게 아니냐고, 늙은이라 시간도 많은데 그게 뭐 대수냐고, 미용실뿐만이 아니고 일요일마다 나가는 교회도 의정부에 있다고, 오는 길에 옛 친구들도 만나고 예전에 다니던 시장에서 장도 볼 수 있다고, 오늘도 그럴 거라고 했다. 할머니 이야기는 멈출 기색이 없었다. 그동안 전철이 도착했고 우리는 나란히 앉을 곳을 발견해서는 계속 이야기를 나눴다. 사실 나는 할머니 옆에 앉아서 중간중간 장단을 맞춘 게 전부였다. 맞벌이하는 아들과 며느리가 여의도에 마련한 새 아파트, 공부 잘하고 잘생긴 손자, 번듯하고 따뜻한 할머니의 방, 아침에 집을 나와 의정부에 와서 일을 보고 돌아가면 저녁 준비할 시간에 딱 맞출 수 있다는 이야기까지 했을 때 우리가 탄 전철이 의정부역에 도착했다.

할머니가 내리신 후에도 나는 한참을 더 가야 했다. 책을 펴들었으나 글자가 눈에 들어오지 않았다. 전철 안을 둘러보았다. 맞은편에서 졸고 있는 청년, 핸드폰을 들여다보고 있는 중년 여인, 종점이 가까운 전철 안에는 빈자리가 많았다. 달리던 전철이 멈추고 문이 열리면 사람들이 내리고 올라탔다.

낯선 이에게 먼저 말을 걸고 묻지도 않는 이야기를 털어놓고 싶은 마음은 어디에서 오는 걸까 생각했다. 할머니는 혹시 외로웠을까? 누군가에게 당신의 이야기를 들려주고 싶었을까? 서울 외곽에 살다가 번화한 시내 고층 아파트로 이사한 아들 내외의

성공과 직장 다니며 살림하느라 항상 피곤한 며느리에 대해, 멀리서 왔다고 특별히 더 반갑게 아는 척을 해주는 목사님과 오랜 동네 친구들이 있으니 여의도 아파트에서 의정부 어디쯤까지 가는 데 걸리는 두어 시간 정도는 아무것도 아니라는 할머니 목소리가 아직도 귓가에 남아 있다.

　〔공원을 헤엄치는 붉은 물고기〕의 배경은 공원이다.
　나무에 기대어 글을 쓰는 남자가 보이고 벤치에 앉아 책을 읽는 소녀가 있다. 공을 차는 소년들, 달리기하는 남자, 장바구니를 들고 걷는 여인도 보인다.
　처음 책을 펼쳐서 공원에 있는 사람들을 보았을 때 오래전 전철역에서 만난 할머니 생각이 났다. 거기 그림 속 어딘가에 할머니와 나를 그려 넣어도 좋을 것 같았다. 그림책 속 인물들은 홀로, 둘이, 더러는 무리로 있다. 누군가는 오고 누군가는 떠난다. 마주쳐 오는 이에게 무심하고 지나친 사람을 돌아보지도 않는다.
　서로에게 무관심한 이들이 같은 장소에 제각각 있을 뿐인데 이 공원은 왜 이렇게 아름답고 조화로운 걸까 궁금했다.

너른 공원에 있는 한 사람을 주목해서 그의 이야기를 따라가 보는 일, 이 섬세하고 정교한 그림책을 발견한 이후 책을 펼 때마다 내가 되풀이하는 놀이다. 누구의 이야기도 다른 이의 그것과 비교할 수는 없다는 것, 바로 우리들의 하루하루가 거기 있었다.

한 사람의 뒤를 쫓으며 그가 가졌을 이야기를 상상한다. 비록 보이는 것은 몇몇 순간에 불과하지만, 삶이란 원래 그런 것이니까. 모퉁이를 돌 때마다 슬라이드가 넘어가듯 장면이 바뀌어도, 손가락으로 하나하나 짚어가며 설명해주지 않아도, 어느새 그 속에서 숨겨진 저간의 사정을 알 것 같은 혹은 지나간 언젠가의 나였을 수도 있겠다는 누군가를 발견하기도 한다.

블로그에 이런저런 이야기를 쓴다. 오래된 기억을 끄집어낸 글에는 평소와는 다른 온도를 가진 댓글이 달린다. 같은 기억을 가지고 있음을 즐거워하는 글들이 대부분이지만 그중에는 나의 잘못된 기억을 바로 잡아주거나 보다 세밀하고 적확한 사실을 알려주는 글들도 있다. 마치 소중한 무언가가 훼손되거나 잘못 전해지는 것을 묵과할 수 없다는 듯 단호한 애정이 담긴 글들이다. 우린 왜 내 것과 비슷한 남의 이야기에 열광할까? 뭔가를, 어느 한 시절을 공유했다는 사실, 그 시절 내 삶을 나 아닌 누군가도 함께 알고 있다고 생각하면 겨울밤 이불을 둘러쓰고 모여 앉았던 아랫목으로 돌아간 듯 따스해진다.

우리가 함께 기억하는 것들은, 그리하여 우리가 한때 같은 세계에 살고 있었다는 사실은 내게 바람막이도 되고 지팡이도 된다. 돌아보면 멈춰선 풍경들은 설명이 생략된 것일 뿐 순간들 사이사이에서 그리고 그림자 속에 숨어서 웅얼웅얼 중얼거리며 끊임없이 흘러가고 있었다는 걸 알게 되는 것이다. 보잘것없는 삶이란 없다는 걸 확인하는 기쁨, 몇 년 전 우리가 열광했던 드라마

〈응답하라 1988〉처럼….

그림책 말미에는 공원 풍경 속에 있는 사람 중 일곱 명의 숨은 이야기가 나온다. 나도 작가처럼 공원의 누군가를 주인공 삼아 그 뒤를 쫓는 심정으로 이야기를 만들어본다. 마치 블록을 하나하나 맞춰 나가는 것처럼 짜릿한 기쁨이 거기 있다. 지켜봐 주는 사람들이 있는 사람은 행복하다. 누군가를 행복하게 만들 수 있다면 나는 기꺼이 지켜보는 사람이 되고 싶다. 잘되라고 빌어줄 누군가도 없는 사람은 되고 싶지 않으니까. 그림을 천천히 들여다보는 동안 내 몸도 기쁨으로 차오른다.

아이의 중학교 졸업식에서 만난 대학교 동창(그의 아이가 내 아이와 같은 학교에 다녔다는 사실을 그때 처음 알았다), 백화점 식당가에서 만난 고등학교 시절의 같은 반 친구, 여행지에서 찍어온 사진에서 발견한 지인의 얼굴처럼 지난 시간과 인파 속에서 우리는 서로에게 얼마나 낯선 이들인가? 전철역에서 처음 만난 누군가와 이야기를 나누는 짧은 시간은 그래서 더 필요한지도 모르겠다. 우리에게는 이야기를 들어줄 사람이 필요하니까. 우리가 모르는 사이로 헤어지더라도 당신과 내가 각자의 다가오는 날들을 응원하는 것은 결국 내 마음에 물을 주는 것임을 잊지 않도록 말이다.

그날 이후 한동안 슈퍼에 갈 때마다 두리번거렸다. 내가 사는 곳은 여의도에서도 의정부에서도 먼 곳이지만 어쩐지 슈퍼에서 할머니의 뒷모습을 여러 번 본 것도 같았다.

떠나는 여행에서
향하는 여행으로

모네의 정원에서

혼자 여행을 떠난 적이 있다. 대학교 1학년 가을 학기 기말고사를 앞두고 문과대 로비 게시판에 내 이름이 붙었다. 어떤 장학금인지 지금은 기억나지 않지만, 아무튼 그 명단에 내 이름이 있었다. 뜻밖에 생긴 돈으로 나는 기차표를 샀다. 평소 학교에 들고 다니던 가방에 옷과 세면도구를 챙겨 넣었다. 어디를 갈 것이며 어느 곳에서 잠을 잘지 계획도 없었으나 염려도 불안도 없었다. 엄마는 내가 방학 중에도 외삼촌 집에서 계속 머물며 학교 도서관에 다닐 것으로 알았을 것이고, 외삼촌 내외는 방학이니 당연히 집에 가는 것으로 알았을 터였다. 당돌한 열아홉 살이었다.

일주일 동안 진주 남강, 남원 광한루, 안동의 도산서원, 강릉 경포대를 돌았다. 가능하면 기차를 오래 탈 수 있는 곳으로 다음 목적지를 삼았다. 모르는 이들과 함께 있는 것, 그게 내가 혼자 있을 수 있는 가장 완벽한 방법이라고 생각했다. 부산하고 소란한 기차 안, 기차가 역에 설 때마다 타고 내리는 사람들로 어수선하고 시끄러웠으나 나는 그 모든 소음과 움직임에서 떨어져서 평온하고 고요하게 혼자 있었다. 기차가 한 역에서 움직이지 않고 몇 시간 동안 서 있어도 조바심이 나거나 답답하지 않았다. 간혹 어디 가느냐 왜 가느냐 묻거나 삶은 밤이나 귤을 건네는 이들도 있었지만, 그들도 곧 나를 놔주었다. 그때 내게 가장 필요했던 건 내 주변에 고인 침묵이라는 걸 설명 없이도 알아줬던 그들이 지금도 고맙다.

안동역에 내렸을 때는 한밤중이었던 것, 옆자리에 앉았던 여자와 함께 잠잘 곳을 찾기 위해 밤거리를 걷던 일, 새벽녘 잠결에 씻고 화장하고 옷을 챙겨 입고 조용하게 나가던 그녀의 뒷모습을 바라보던 일 등 기억은 퍼즐 조각처럼 맥락도 설명도 없이 내 몸에 숨어있다가 느닷없이 튀어나온다. 도산서원 가는 길이 너무 푸르고 아름다워 춤추듯 걸었던 일, 강릉 해변의 소나무 숲, 겨울 바다에서 낚시하던 이들, 기억 속 풍경은 여전히 아름답고 푸르다. 바닷가 작은 마을에서 그날 묵을 곳을 찾다가 길 가는 아주머니에게 물었더니 당신 집으로 데리고 가서 먹고 잘 수 있게 해줬던 밤도 아직 내 안에 있다.

　겨울바람은 가슴속까지 들어와 휘몰아쳤고 발은 시렸다. 그러나 그 여행은 강의실과 시험과 리포트가 사라진 ○○대학교 ○○학과 누구누구란 옷을 버스정류장 옆 꽃집 큰딸이란 옷으로 갈아입어야 할, 뭘 해야 할지 몰라 불안한 마음을 들키고 싶지 않았던, 그래서 학교와 집, 친구들과 가족에게서 떠나 홀로 있고 싶은 마음이 벌인 일이었다. 그러니 혼자 떠나야 했고 어디로 갈 것인가가 중요하지 않았으며 뭘 해도 상관없었다.

여행은 일주일만에 끝이 났다. 슬슬 고단하기도 했던 데다가 돈도 떨어져 가고 있었기 때문이었다.

어딘가로 떠난다는 건 마음만 가지고 되는 일이 아니라는 걸 그때 알았다. 다가가는 것과 멀어지는 것의 차이, 어딘가로 향하는 것과 어딘가에서 떠나는 것의 차이를 너무 일찍 알아버렸을까? 그 겨울 여행 이후로 나는 한동안 '여행'이라는 단어를 떠올리지 않고 살았다. 내 첫 여행이 그러했으므로 내게 여행은 언제나 그렇게 무언가로부터 도망치는 것이었다. 그래서 결혼 후에도 휴가를 떠날 때는 항상 집에서 멀어지는 것에 방점을 찍었고, 집에서 했던 모든 일을 까맣게 잊고 싶었다.

당연히 내게 여행이란, '집'이라는 단어로 대표되는 일상에서 멀어지는 것이었다. 보여지는 나를 벗어나 숨어버리는 것이고, 여행을 끝내고 집으로 향하는 것은 다시 돌아오는 것이었다. 그런 내게 여행이란 단어가 실제로는 '일이나 유람을 목적으로 다른 고장이나 외국에 가는 일'을 뜻하며 필연적으로 어딘가를 향한다는 속성을 가졌다는 것, 그러하므로 당연히 설렘과 기대가 따른다는 걸 보여준 그림책이 〔모네의 정원에서〕였다.

리네아처럼 모네가 그림을 그렸던 정원을 직접 보고 싶어서 파리에 간다는 식의 여행이란 마치 내가 〔제인 에어〕나 〔폭풍의 언덕〕을 읽고 나서 하워스에 가보고 싶다고 하는 것과 다를 바 없었다. 그건 마치 다른 세계로 가는 여행 같아서 나는 함부로 기대하거나 희망하지도 못할 것 같았다.

남의 것을 구경하듯이 팔랑팔랑 책장을 넘기다가 리네아가 모네의 수련 그림을 보면서 하는 말에 숨통이 트였다. 멀리서 보면 아름다운 수련인데 가까이 다가가서 보면 물감이 덕지덕지 묻어 있을 뿐이라는, 그런데 실망스러운 게 아니라 '신기한 마술'이라는 아이다운 그림 감상법이 통쾌했다.

이런 여행도 있구나 싶었다. 여행이란 건 어쩌면 인상파의 그림을 보는 것과 같지 않을까? 짧지만 빛나는 순간의 인상을 만나려는, 무엇이든 반짝이는 순간이 있고 그건 발견하는 자의 차지가 된다는 것 말이다. 내게도 집을 떠나기만 하는 여행이 아니라 어딘가에 도착하는 여행을 위한 몫이 남아있는지 궁금해졌다.

리네아가 파리에 다녀온 것을 알게 된 친구들은 리네아에게 에 펠탑은 어땠는지 묻지만 리네아는 에펠탑을 볼 시간은 없었다고, 에펠탑보다 훨씬 중요한 것들을 봐야 했다고 대답한다. 파리에서 에펠탑을 보는 것보다 중요한 그 일은 지베르니에 있는 모네의 정원에서 수련이 자라는 연못을 보러 가는 것이었고, 그곳에 있 는 일본식 다리에서 연못을 바라보는 일이었다.

리네아와 블룸 할아버지의 파리 여행을 따라다니면서 새로운 형식의 여행을 만났다. 그러니까 이 말은 내가 만약 하워스에 가 게 된다면 마을의 펍이나 고서점보다는 목사관을, 목사관보다는 하워스의 바람 부는 들판에서 더 시간을 보낼 거라는 뜻이다. 비 바람이 몰아쳐서 주변에 사람도 거의 없고 바람 소리만 윙윙거린 다면 금상첨화일 것이다. 오래 머물 수 없어서 이것저것 들러 보 느라 고민하지 않을 것도 이미 리네아에게서 배웠으니, 나는 히 스들판에서 마음껏 바람을 희롱해도 좋겠다.

"지베르니에 다녀오지 않았다면
내일 지베르니에 가면 좋을 텐데."

"같은 일을 두 번 할 수도 있단다.
그게 아주 특별한 일이라면 말이다."

그리고 리네아는 블룸할아버지와 함께 지베르니에 한 번 더 간다. 나는 그림책의 이 장면을 볼 때마다 부러워서 가슴이 뻐근해진다.

사람 사는 게 다 거기서 거기 아니겠느냐고 남편은 이야기한다. 바람은 저 아랫동네에서 우리 집 마당까지 매일 불어오는데 굳이 경비를 들이고 시간을 내서 하워스라는 듣도보도 못한 시골까지 찾아갈 게 뭐냐는 거다. 브론테 자매가 여태 살아 있는 것도 아닌데 비행기 타고 날아가서 말도 통하지 않는 사람들과 손짓 발짓 하며 스트레스를 받아야 하느냐는 그에게 무라카미 하루키의 글을 읽어줬다. 하루키도 비슷한 질문을 받았던지 한 여행기에 이렇게 썼다.

소소한 기념품 말고는 몇몇 풍경에 대한 기억뿐이다. 그러나 그 풍경에는 냄새가 있고 소리가 있고 감촉이 있다. 그곳에는 특별한 빛이 있고 특별한 바람이 분다. 뭔가를 말하는 누군가의 목소리가 귓가에 남아있다. 그때의 떨리던 마음이 기억난다. 그것이 단순한 사진과 다른 점이다. 그곳에만 존재했던 그 풍경은 지금도 내 안에 입체적으로 남아있고, 앞으로도 꽤 선명하게 남아 있을 것이다. 그런 풍경들이 구체적으로 어떤 쓸모가 있을지는 아직 알 수 없다. 결국은 대단한 역할을 하지 못한 채 한낱 추억으로 사라져 버릴지도 모른다. 그러나 원래 여행이란 그런 것이 아닐까. 인생이란 그런 것이 아닐까.

무라카미 하루키, [라오스에 대체 뭐가 있는데요?] p. 181~182

지금 생각하면 열아홉 살일 때 어떻게 그런 마음을 먹었는지 신기하다. 지금의 나를 봐서는 시간을 되돌린다고 해서 그토록 겁 없고 무모하고 용감할 수 있을지 자신이 없다. 내가 써버렸던 시간, 마음껏 낭비하고 탕진해버렸던 일주일, 살면서 그렇게 완벽하게 혼자일 수 있는 편안하고 자유로운 날들을 또 만날 수 있을까? 무엇으로부터 떠났던, 떠나는 자체로 완벽했던 여행은 이미 오래전에 경험했으니 사정이 허락한다면 어딘가로 향하는 무엇인가를 위한 여행을 해보고 싶다.

리네아처럼….

설사 돌아오는 손에 한 줄기 바람 외에

아무것도 들려 있지 않더라도 말이다.

여행이란 원래 쓸모없는 것이니까,

사는 건 그런 거니까,

에펠탑보다 내가 보고 싶은 것을 찾아가는 게

중요하니까.

나의 양재기와
남편의 포크

할머니의 찻잔

스테인리스 볼을 하나 갖고 있다. 어디서나 볼 수 있는 흔한 물건이다. 이곳저곳 긁힌 데다가 광택도 사라지고 여러 번 떨어뜨려서인지 찌그러진 곳도 있다. 주로 감자나 양파를 담거나 나물을 무치거나 고기를 재울 때 쓴다. 가끔은 그 그릇에 얼음을 얼려볼까 궁리할 때도 있다. 물론 그러한 용도로 쓸 만한 그릇을 이미여러 개 가지고 있다. 유리, 놋, 도자기, 옻칠을 한 나무 그릇도있지만 역시 일그러진 스테인리스 볼을 가장 즐겨 쓴다. 그 오래

된 그릇은 엄마의 부엌에서 가져온 물건이다.

친정에 갔던 어느 날, 엄마는 도토리묵을 쑤었다. 퍼덕퍼덕 끓는 묵은 유리그릇이나 스테인리스 양재기 등에 넣어 굳힌다. 그날 도토리묵이 미처 다 굳기도 전에 친정에서 나오는 내게 엄마는 식지 않은 도토리묵을 그릇째 안겼다. 집에 돌아와 도토리묵을 덜어내고 빈 그릇을 닦으면서 보니 낯이 익은 물건이었다. 내가 아이였을 때 엄마가 거의 매일 사용했던 양재기. 오랫동안 보지 못했지만 분명히 그 그릇이었다. 엄마는 아직도 이걸 갖고 있었나 싶어서 마음 한구석이 울컥했다.

엄마는 그 볼에 양념을 섞어 나물을 무치고, 감자 샐러드를 담아 냉동실에 살짝 얼리기도 했다. 그러나 무엇보다도 그 볼은 얼음을 얼리는 용도로 가장 자주 사용했다. 여름날 저녁이면 스테인리스 볼에 얼린 얼음을 송곳으로 깨트려서 오이나 가지 냉국에, 수박과 토마토 화채에, 미숫가루에 넣곤 했다. 나는 송곳을 얼음에 대고 작은 망치로 두드려 얼음 깨는 걸 구경했다. 양푼 가득 만들어 놓은 화채에 잘게 쪼갠 얼음을 쏟아붓는 순간은 특별했다. 심심하고 지루했던 여름밤, 부엌 천장에 달린 백열등 불빛 아래 엄마가 얼음을 깨는 소리가 들리기 시작하면 평범한 하루가 갑자기 색을 입고 알록달록해졌다. 그때 우리들이 얼음을 얼렸던 바로 그 그릇이 내 앞에 놓여있는 거였다. 오랫동안 침묵하던 시간을 깨워 인사를 건네는 기분이었다.

다음번 엄마에게 갈 때 나는 그 그릇을 가져가지 않았다. 오래 전부터 내 물건이었던 양 내 주방에 두고 엄마가 그랬듯이 고기를 재고 콩을 불리고 시금치를 무쳤다.

늦은 밤 설거지를 마치고 그릇 정리를 하면서 낡고 허름한 그 그릇을 유심히 들여다볼 때가 있다. 엄마의 낡은 스테인리스 볼은 내게 와서 패트리샤 폴라코의 〔할머니의 찻잔〕에 등장하는 아름답고 진귀한 도자기 찻잔이 되었다.

증조할머니 안나가 엄마에게서 받은 찻잔은 엄마가 결혼할 때 받은 선물이었다. 아름답기도 했지만 특별한 기원의 마음을 담아 엄마에게서 딸에게, 그 딸의 딸에게 대를 이어 건네질 때마다 축복의 힘이 더해진 마법의 찻잔이기도 했다. 평생 배고프지 않고 넉넉한 삶을 살 거라는 축복, 사랑을 알고 기쁨을 알고 가난하지 않을 거라는 축복이 담긴 그 찻잔의 이야기를 읽으면서 내게도 그런 물건이 하나쯤 있었으면 좋겠다는 욕심을 냈었다. 지금이라도 특별한 의미를 담은 물건 하나를 장만해 두지 않으면 안 되겠다고 생각했다. 그래야 나중에 내 딸이 그걸 보면서 잠시라도 위안을 얻을 수 있을 테니까.

바로 그날 저녁 준비를 하면서 엄마의 스테인리스 볼을 꺼내 쓸 일이 생겼고 그 순간에 내가 이미 그걸 가지고 있었다는 걸 깨달았다. 물론 대대로 이어져 온 물건도 아니고 아름답지도 않으며 엄마에게 축복의 말과 함께 물려받은 것도 아니지만, 내게는 안나의 찻잔 이상이었다. 그 스테인리스 볼을 사용할 때마다 엄마가 내 곁에서 시금치를 무칠 때는 조금 짠 듯하게 간을 해야 나중에 싱겁지 않다거나 기름기가 남은 그릇을 닦을 때는 밀가루를 사용해 보라거나 음식이 너무 짤 때는 설탕을 조금 넣으면 나아진다는 말들을 건네는 것 같아서다.

내게 스테인리스 볼이 있다면 남편은 이미 훨씬 전부터 그런 물건을 가지고 있었다. 남편이 사용하는 커트러리는 결혼하고 몇 년이 지났을 때 시어머니가 보자기에 싸서 주신 것이다. 한눈에 봐도 오래된 물건임이 드러나는 포크와 나이프다. 나의 스테인리스 볼처럼 그것들도 이미 광택이 사라지고 긁힌 자국들이 많아서 더 사용하지 않는다고 해도 이상할 게 없어 보이는 물건이었다. 받은 그대로 싱크대 서랍에 넣어 둔 채 잊고 있던 그 물건들은 주방 살림을 대대적으로 정리하던 때 밖으로 나왔다. 그걸 본 순간 오래 잊고 있던 물건을 우연히 발견한 기쁨과 그동안 잊힌 기억을 떠올리느라 복잡했던 남편의 표정을 나는 지금도 기억한다.

남편은 포크를 들었다 놨다 하면서 그 도구들을 사용했던 날들을 이야기했다. 그것들은 대청마루에 교자상을 이어 붙여놓고 하얀 식탁보를 깔았던 날에만 사용하던 것이라 했다. 남편이 어렸을 때였으니 사용할 일이 그리 많지는 않았을 터였다. 드물게 찾아오는 특별한 날 흰 식탁보 위에 반짝이며 놓였을 포크와 나이프가 상기시키는 시절이라니 어찌 그립지 않을까?

그날 이후 남편은 아침마다 그 포크와 나이프를 사용했다. 어쩌다가 기존에 사용했던 포크를 올려놓는 날에는 예의 그것들로 바꿔 달라고 했다. 그동안 불편 없이 사용하던 도구들은 뒷전으로 밀려났다. 남편은 시어머니가 주신 포크와 나이프가 사용하기에도 편리하고 손에 잡히는 느낌도 좋다고 했지만, 그것이 핑계임은 우리 둘 다 잘 알고 있었다. 오래되고 상처가 많은 스테인리스 제품이라 설거지가 끝나고 바로 물기를 제거하지 않으면 녹이 슬기도 해서 성가셨다. 남편이 포크를 바꿔 달라고 할 때마다 눈을 흘기던 난 〔할머니의 찻잔〕을 읽은 후부터 그러기를 그만뒀다. 이미 어른이 된 지도 한참 지난 사람들이 오래전에 사용하던 별것 아닌 물건에 갖는 애착이라면 포기하기 어려울 것이라는 데 동의하기 때문이다.

필립 로스는 [아버지의 유산]에서 할아버지에게서 아버지에게로 전해진 면도컵 이야기를 들려준다. 여윳돈이라곤 있어 본 적 없는 집이었음에도 할아버지가 일주일에 한 번씩 이발소에 가서 면도를 하려고 10센트를 쟁여 두고 있었다는 사실에 마음이 놓였다는 이야기다. 그 면도용 컵이 할아버지가 처했던 각박한 상황으로부터 그를 벗어나게 해주었다는 것을 상기해 주기 때문이다. 이발소 의자에 앉아 얼굴을 내맡기고 있는 시간 만큼은 할아버지도 평화로울 수 있었다. 힘든 일상을 잠시나마 잊게 해주는 면도컵이라니 유물로서 이만큼 잘 들어맞는 의미를 가진 물건도 찾기는 어려울 것이다. 작가가 할아버지의 삶에서 짧지만 평온했던 기억을 소환해 줄 그 면도컵을 아버지에게서 받을 수 있어 기뻤다.

　필립 로스에게 오래된 면도컵이 특별했던 것처럼 안나의 찻잔은 그녀의 선조들이 유대인이라는 이유로 러시아를 떠나야 했을 때 피난짐 속에 숨겨온 물건이었다. 힘들고 어려울 때마다 그 찻잔에 차를 따라 마시며 희망을 퍼 올렸던 그들에게 찻잔은 어떤 의미였을까?

안나의 찻잔은 축복의 잔인 동시에 어려운 현실에서 잠시나마 눈을 돌리게 해주는 피난처로 우리를 데려가는 마법의 양탄자이기도 하다. 책장을 넘길 때마다 연필로 그린 흑백 그림 속에 정교하고 화려한 색과 문양이 도드라지는 찻주전자와 찻잔이 등장한다. 생기 없는 일상이 찻잔 하나로 갑자기 윤기를 띠고 반짝이기 시작하는 것처럼 평범한 일상에 의미를 가진 어떤 물건이 등장하는 순간 우리들의 하루도 빛난다.

남편이 매일 엄마의 포크와 나이프를 사용하기를 고집하는 것, 내가 엄마의 부엌에서 가져온 스테인리스 볼에 콩나물이나 시금치를 무치는 것은 그 물건들이 탁월한 기능을 가졌거나 한눈에 혹할 만큼 디자인이 유려해서가 아니라 그 오래된 물건들에 깃들인 각자의 이야기 때문이다.

이야기를 품은 물건은 특별한 힘을 갖는다. 그 물건은 우리가 어렸을 때, 앞으로 삶이 어떻게 펼쳐질지 몰라도 괜찮았던 시절, 하루가 그 자체로 충만했던 때, 내 어깨로 삶의 무게를 지탱하지 않아도 됐던 시절의 평온함을 불러오는 힘이 있다. 우리들의 부모가 지금의 우리보다 젊었을 때 곁에 두었던 평범한 물건 하나가 시간이 지나면서 점점 특별해지는 풍경을 상상해본다. 닳고 낡아서 점점 가벼워진 물건들이 그 물건을 사용하던 이들의 어깨마저 가볍게 해주었을 것이다. 그들이 짧은 순간이나마 삶의 기쁨과 완벽한 평온을 누릴 수 있었던 때로 함께 돌아갈 기적을 만들어 줄 물건이 있다면 그게 바로 오래되어 낡고 찌그러진 스테인리스 볼이고 아침마다 접시 옆에 놓이는 낡은 포크와 나이프다.

아이와 함께하는
어른의 시간

비 오는 날의 소풍

갑자기 기온이 뚝 떨어졌다. 두툼했던 잎들이 바랜 종잇장처럼
얇아져서 알록달록 물이 드는 중이었다. 늦가을의 햇살을 며칠만
더 쬐이면 노랗고 빨간 나뭇잎들이 운동회날 커다란 바구니에 담
긴 색종이처럼 떨어져 내릴 판인데 예고도 없이 밤새 기온이 영
하로 떨어지더니 새벽에는 서리가 두툼하게 내렸다. 서리는 붉게
물들어가던 블루베리 잎 위에 하얗게 얼어붙었다. 손톱으로 나
뭇잎을 긁으니 흡사 숟가락으로 아이스크림을 긁어내는 배스킨

라빈스의 점원이 된 것 같았다. 하얗게 언 서리 아래 나뭇잎들의 색이 언뜻언뜻 보였다. 하룻밤 사이에 머리가 세어버린 왕비처럼 머리카락에 서리가 내렸다는 말을 온몸으로 이해하는 아침이다. 나뭇잎 위에 손톱으로 그림을 그렸다. 나뭇가지로 눈 위에 그림을 그리던 기억, 일부러 얼음이 언 곳을 찾아 미끄러지던 날들, 눈이 수북이 쌓인 나무둥치에 힘껏 몸을 부딪쳐서 눈 세례를 맞던 아침…, 내가 아직 아이였을 때처럼 겨울은 갑자기 왔다.

스케이트를 처음 갖게 된 겨울이었다. 퇴근길 아빠의 손에 들린 그것은 내 발이 들어가고도 손가락 두어 개가 더 들어갈 만큼 컸다. 엄마는 발은 금방 자란다고, 내년에도 신어야 하니까 그 정도면 됐다고 했다. 스케이트를 신고 방석 위에 서 보았다. 서늘하게 번쩍이는 날 위로 검은 스케이트 안에서 발이 겉돌았지만 나는 괜찮다고 고개를 끄덕이면서 생각했다.

'발은 금방 자라니까.'

스케이트는 생겼으나 정작 탈 곳이 없었다. 스케이트를 탈 수 있을 정도로 강이 얼어붙으려면 한겨울이 될 때까지 기다려야 했다. 얼지 않는 강을 바라보며 학교에 다녔고 아직 먼 겨울방학을 기다렸다. 날씨가 추워지기를 나보다 더 기다린 사람은 바로 아빠였는데 저녁 아홉 시 뉴스의 일기예보를 빼놓지 않고 챙겨 보면서 아침마다 날씨가 얼마나 추워졌는지 확인하곤 했다.

막내 외삼촌이 다니러 온 주말, 한파가 닥칠 거라는 예보가 있었다. 저녁상을 물리자마자 두 사람은 밖으로 나가서 스케이트장을 만들기 시작했다. 시멘트를 바른 안마당을 에워싸고 부엌과 방들이 자리 잡고 수도가 있는 곳을 경계로 흙 마당이 이어지는 구조의 집이었다. 시멘트를 바른 마당은 각이 진 네모 형태로 가장자리는 단을 높여 만든 터라 수도가 놓인 쪽만 막으면 물을 가둘 수 있을 것처럼 보였다. 나무판자와 두꺼운 비닐과 흙과 돌 같은 것들을 겹겹이 쌓고 또 쌓았다. 한밤중 마당에 불을 환하게 밝히고 어른 남자 두 사람이 삽을 들고 부산하게 움직이는 모습을 나는 달뜬 마음으로 바라보았다.

한파주의보가 내린 겨울밤, 마당에 물을 가두어서 스케이트장을 만들겠다는 생각에 사로잡힌 아빠는 추운 줄도 모르는 것 같았다. 수도에 호스를 연결해서 가장자리까지 물이 올라와 찰랑거릴 때까지 마당에 수돗물을 받았다. 밤새 마당에 정말 스케이트장이 생길지 궁금해서 나는 잠도 오지 않았다. 한 번도 타보지 못한 스케이트를 제대로 탈 수 있을지도 걱정스러웠다. 결국 쓸데없는 걱정이긴 했지만….

가브리엘 뱅상의 [비 오는 날의 소풍]은 편안하고 나른한 갈색조의 그림에 여백이 많은 그림책이다. 한 장 한 장 넘기다가 끝에 이르면 마치 엄마 옆에서 낮잠을 자다 깨어난 듯 너그럽고 포근한 기운이 온몸을 감싸 마음이 날 선 듯 뾰족해지면 상처 난 곳에 약 바르는 심정으로 꺼내 들던 책이다. 기대했다가 실망하며 토라져서 당황했다가도 작은 용기를 내어 일어서는 우리들의 보통날과 비슷한 듯 달랐다.

'특별할 것 없는 그 그림책에서 나는 무엇에 매혹당했을까?'

커다랗고 둥근 몸, 느리고 굼뜬, 목소리마저 나직하고 우렁우렁할 것처럼 보이는 어른 곰 에르네스트는 소풍을 가기로 한 날 아침에 비가 내리는 것이 마치 자신의 탓이기라도 한 듯 쩔쩔맨다. 꼬마 생쥐 셀레스틴의 실망을 두고 볼 수 없어 원래 계획대로 소풍을 떠나는 에르네스트에게서 오래전 아빠의 모습이 보였다.

아빠는 마당에 물을 채워 놓으면 밤새 얼어서 투명하고 매끄러운 스케이트장이 생길 것이라고 정말 믿었을까? 부엌과 대청마루와 방들로 둘러싸인 사각형의 안마당에서 내가 정말 스케이트를 탈 수 있을 거라고 생각했던 것일까? 꽁꽁 언 손으로 찬물이 흘러나오는 호스를 들고 분주했던 밤에 아빠는 내가 셀레스틴처럼 기대하기를, 나의 세상이 스케이트를 타는 것처럼 빠르고 경쾌하기를 바랐을까? 다음 날 아침 물이 다 빠져버린 마당을 바라보는 내게 에르네스트처럼 말하고 싶었을까?

"셀레스틴, 화내지 말고 들어……
소풍은 못 갈 것 같아…… 비가 와!"

"그렇게 실망할 것까진 없잖아!"

그해 겨울에 내가 스케이트를 잘 타게 되었는지, 강이 얼어붙은 후 우리가 얼마나 자주 스케이트를 타러 갔는지는 기억에 없지만, 그림책 속 이야기는 이어진다. 소풍을 갈 수 없게 되어 실망하는 셀레스틴을 외면할 수 없었던 어른 에르네스트는 아이처럼 '비가 오지 않는다고 생각하자'는 제안을 한다. 둘은 비옷을 입고 장화를 신고 우산을 든다. 그리고 소풍 가기에 이보다 더 좋은 날씨는 없다는 듯 빗속으로 걸어 나간다. 보통은 어른답게 생각이 많고 너그러우며 참을성도 많지만 가끔은 아이들처럼 되고 싶은 마음을 어쩔 수 없는 에르네스트의 뒷모습이 둥글고 크다.

에르네스트는 어른이고 셀레스틴은 아이다. 어른과 아이를 곰과 생쥐로 치환해서 그려낸 가브리엘 뱅상의 통찰력이 놀라운 것은 실제로 곰과 생쥐가 함께 살 수 없을 정도로 다른 존재들이기 때문이다. 결국 곰인 에르네스트와 생쥐인 셀레스틴이 뱅상의 그림책 속에서 평화롭게 공존하는 모습은 단순히 어른과 아이의 차원에서 벗어나 서로 다른 개인인 우리들이 어떻게 함께일 수 있는지의 질문을 낳는다. 에르네스트는 셀레스틴이 실망하는 것을 원치 않았고 진심으로 그렇게 한다. 둥글고 커다란 에르네스트의 등을 바라보며 아이와 함께하는 어른의 시간이, 아니 누군가와 함께하는 나의 시간이 어떠해야 하는가를 생각한다.

한때 아이였고 이제 어른이 된 나는
아이에게 얼마나 자주 '안 된다'는 말을 했을까.
지금은 안 된다고 이런저런 이유를 들며
'어쩔 수 없음을 이해해 달라'고
얼마나 자주 말했을까.

"건길 위로 토독토독 비가 내리네. 라라라……"

"비가 오지 않는다고 생각하는 거야."

처음에 에르네스트는 창문 안에서 그들을 바라보며 수군대는 사람들의 시선이 달갑지 않다. 그러나 이런 날씨에 어린아이를 데리고 나오다니 제정신이냐고 묻는 친구에게 비는 절대 아무한테도 해를 끼치지 않는다고 말하는가 하면, 텐트를 세운 곳의 땅 주인이 남의 숲에서 뭐 하는 거냐고, 다 큰 어른이 어린애처럼 왜 이러고 노느냐고 할 때 오히려 따뜻한 차를 권하기도 한다. 서로 다른 존재인 우리들이 누군가를 위해 참고(수군대는 사람들의 시선을) 애쓴다면(비 오는 날 숲속에서 소풍을 하는 이유를 설명하느라) 그걸 사랑이 아닌 다른 어떤 단어로 부를 수 있는지 나는 알지 못한다.

비가 오는 날 장화를 신고 우산을 썼어도 떨어지는 빗방울을 온전히 막아낼 수 없었던 에르네스트처럼 그 추웠던 밤에 아빠와 외삼촌의 손과 발은 얼어서 부어올랐을 것이고, 어쩌면 마당에 물을 채우는 그 순간에 이미 스케이트장을 완성할 수 없으리란 걸 알고 있었을지도 몰랐다. 그때의 아빠보다도 한참 더 나이를 먹은 나는 다음 날 아침 스케이트를 탈 수 없어서 서운했던 것보다 차갑고 어두운 밤에 방에서 흘러나오던 불빛을 등에 지고 마당에 물을 받고 있던 아빠의 등을 더 생생하게 기억한다. 사람들이, 삶이 내게 유난히 불친절하다고 느껴질 때마다 꺼내 드는 그림책이다.

네가 죽으면
연못도 없어지는 거야

내가 함께 있을게

바람이 좋은 날 학교에서 돌아오는 길이었다. 외할머니는 툇마루에 앉아 계셨고 건너채의 할머니는 빨래를 널고 계셨다. 무심코 외할머니 곁에 앉았는데 평소와는 다른 빨랫감들이 눈에 들어왔다. 가을 낙엽 빛깔의 옷 같기도 하고 보자기 같기도 한 빨래들이 조금씩 모양을 달리한 채 바람에 휘날렸다.

"할머니, 그게 뭐예요?"

"수의여, 수의!"

큰이모네가 얼마 전에 우리가 사는 동네로 이사를 왔으나 아직 들어갈 집이 제대로 준비되지 않아서 임시방편으로 우리 집에서 함께 살던 중이었다. 마침 외할머니도 머물고 계시던 때라 오후에 집에 돌아오면 사돈지간인 두 할머니와 시간을 보내는 게 그즈음 나의 일과였다.

나는 흠칫 놀랐다. 수의라면 죽은 사람에게 입히는 옷이 아닌가. 내가 당황해서 어쩔 줄 모르는 사이에 외할머니는 좀 더 자세히 보고 싶었던지 빨랫줄 가까이 다가서서 눈을 가늘게 뜨고 말라가는 수의를 유심히 바라보았다. 가을 햇살 아래 두 할머니가 나란히 서서 수의를 바라보는 뒷모습이 기묘했다. 수의를 장만했으니 얼마나 한갓지고 마음이 가벼운지 모르겠다고, 관에 들어갈 때 입을 옷까지 마련했으니 얼마나 좋으냐고 주고받는 말들이 마침 중학생이었던 내게는 오래전 옛날이야기 같았다. 머리가 하얗게 센 할머니들이 죽음을 대비해 미리 지어놓은 수의 앞에서 주고받는 이야기라니! 어른이 되고 나서야 미리 수의를 장만하는 게 오래된 풍습이라는 것도, 좋은 수의를 준비해 드리는 것이 효도로 여겨진다는 것도 알게 되었지만, 당시에는 죽음을 준비하는 일이 삶에 생기를 주기도 한다는 사실이 낯설 뿐이었다.

볼프 에를브루흐의 그림책 〔내가 함께 있을게〕는 멀리 있는 죽음이 아니라 내 곁에 있는 나의 죽음에 관해 말한다. 오리는 문득 죽음이 그동안 자기를 내내 따라다녔다는 사실을 알게 된다. 죽음의 존재를 알게 된 후 다음 날 아침, 오리는 자신이 아직 죽지 않았다는 걸 알고 기쁘다. 죽음이 그간 늘 곁에 있었다는 사실을 알지 못했더라도 그 아침에 오리는 자기가 살아있다는 사실이 기뻤을까? 죽음이 오리를 데려가려고 온 것이 아니라 친구처럼 함께 있어 주기 위해서 왔다는 사실은 생경했다. 죽음이 곁에 있다는 것을 깨달은 이후로 오리는 죽음을 잊은 적이 없다. 오리와 죽음은 나란히 서서 어딘가를 함께 바라보다가 이야기를 나누고 서로를 안아주고 온기를 나누기도 한다.

오리와 죽음은 점점 더 가까워져서 어느덧 항상 같이 지내게 된다. 어느 날 둘은 나무 위에 올라가서 오리가 자맥질을 했던 연못을 바라본다. 오리는 내가 어렸을 때부터 무수히 해왔던 질문과 마주한다.

'내가 죽으면 저렇겠구나. 연못 혼자 외로이. 나도 없이.'

큰외삼촌이 돌아가셨을 때 나는 초등학교도 들어가지 않은 어린아이였다. 그날 부모님과 함께 자동차를 타고 외가로 가는 길은 평소와 다르지 않았다. 아이 눈에 장례 준비는 잔칫날이나 명절 때와 다를 게 없었다. 손님들이 끊임없이 들이닥쳐서 장례 기간 내내 떠나지 않았다. 부엌은 종일 북적거렸고 손님들이 도착할 때마다 상이 차려져 나왔다. 사람들은 몸을 가누지 못할 정도로 슬퍼하며 곡을 하다가도 거짓말처럼 울음을 그치고 밥을 먹고 술을 마셨다.

나는 목소리가 크고 눈이 부리부리했던 외삼촌을 어려워하긴
했지만 다시는 그 목소리 앞에서 부끄러워할 수 없다는 사실이
허전하고 억울했다. 마치 아무 일도 없었던 것처럼 밥상에 둘러
앉아 밥을 먹는 건 잘못 같아서 밥 먹을 때만 되면 숨고 싶었다.

　장례를 치르던 날, 바람에 길게 휘날리는 만장을 여러 개 앞세
우고 상여가 동네를 돌아 나가던 아침에 나는 마치 몸에 맞지 않
는 무거운 옷을 벗어버린 것처럼 개운했다. 상여가 보이지 않을
때까지 집 담벼락 양지쪽에 서 있던 나는 상여 행렬의 뒤꽁무니
까지 보이지 않게 되자 갑자기 힘이 나서 방으로 부엌으로 일하
는 사람들을 따라다니며 제사상에 올렸던 유과와 사탕을 얻어 입
안에 넣었다.

　'내가 죽고 난 후에도
　사람들은 아무 일도 없던 것처럼 모여 앉아
　밥을 먹고 잠을 자며 서로 사랑할까?'

오리는 고요하고 쓸쓸한 연못을 바라보며 자기가 죽은 후에도 이 세상은 그대로이고 남아있는 자들은 자기를 금세 잊을 거라고 생각한다. 죽음은 그런 오리의 생각을 눈치채고 말해준다.

"네가 죽으면 연못도 없어져. 적어도 너에게는 그래."

버지니아 울프는 스스로 목숨을 끊었다. 살아있음에 환호하고 작품마다 삶에 대한 애정을 드러냈던 작가가 스스로 그 삶을 끝내기로 했다는 건 역설적이었다. 작가가 그린 삶의 매 순간이 얼마나 놀라운지, 살아있다는 것을 이렇게나 기뻐할 수 있을까 감탄하며 작품들을 읽는 시간이 쌓이면서 코트 주머니에 돌멩이를 넣고 차가운 우즈 강으로 걸어 들어갔던 마음을 알 것 같은 순간들이 왔다. 누구보다 영혼이 자유롭기를 원했던, 그리하여 '다른 누구도 아닌, 자기 자신이 되기를' 원했던 버지니아 울프였으니 이성을 잃은 전쟁에 지치고, 평생 그녀를 괴롭혔던 광기의 재발

을 예감하는 순간에 영혼의 자유가 허락되지 않는 삶 대신 죽음
을 선택한 이유가 이해되었다.

　[댈러웨이 부인]의 클라리사는 삶이 젊은 날에 생각했던 것
과는 다른 방향으로 흘러갔다는 것을, 이제는 누가 자신을 클라
리사라고 부르지도 않으며 점점 이름 없는 존재가 되어 잊히고
있다는 것을 안다. 모든 것이 새롭고 무엇이든 가능하다고 생각
했던 삶이 놀라움과 희망으로 가득해 벅찬 가슴으로 서 있었던
30년 전의 어느 아침에서 이렇게 멀리 왔지만, 여전히 사랑하는
것들을 끊임없이 발견하고 기뻐한다. 이렇게 행복해 본 적이 없
어서 '매 순간이 좀 더 천천히 지나가기를, 좀 더 오래 지속되기
를' 바라고, 비록 이제는 젊은 날의 승리에서 멀어져 있지만, 가
끔 해가 뜨고 날이 저무는 것을 보면서 살아있다는 것을 기뻐하
고 파티를 열면서 삶에 대한 애정을 확인한다.

　그녀가 사랑하는 것은 지금 여기 이것, 그녀 앞에 있는 것이었다. 택

시를 탄 뚱뚱한 저 부인이라든가. 그렇다면 문제가 될까? 그녀는 본드 스트리트 쪽으로 걸어가며 계속 생각했다. 그녀 자신도 어쩔 수 없이 죽어야 한다는 것이? 이 모든 것은 그녀 없이도 계속될 것임에 틀림없다. 그 점이 한스러운가? 또는, 죽으면 모든 것이 완전히 끝이라고 믿는 편이 위로가 될까? 하지만 어떻든 런던의 길거리에, 사물들이 밀려오고 밀려가는 흐름 속에, 그녀는 여전히 살아 있고, 피터도 살아 있으며, 서로의 속에 살아 있었다.

버지니아 울프, [댈러웨이 부인], p. 15

파티가 절정에 이를 즈음 클라리사는 한 청년이 자살했다는 소식을 듣는다. 난데없이 뛰어든 '죽음'에 당황했던 그녀도 차츰 그가 그렇게 한 이유를 알게 된다. 클라리사는 청년이 순수를 지켜내기 위해 모든 것을 내던진 것에, 그가 자기는 못 한 일을 해낸 것에 기뻤다. 그 순간, 버지니아 울프가 죽음 안으로 뛰어들면서까지 영혼의 자유를 지켜내려고 한 것이 이해되었다.

살아있는 것 자체가 큰 기쁨이라는 건 죽음이 있다는 걸 알게 된 이후에 더욱 실감하는 걸까? 볼프 에를브루흐 역시 〔내가 함께 있을게]에서 죽음이 곁에 있을 때 우리가 어떤 형태로든 삶을 더 사랑하게 된다는 걸 이야기한다. 오리와 죽음이 나란히 연못을 바라보고 있는 장면에 수의를 바라보던 할머니들의 뒷모습이 겹쳐졌다. 할머니들이 이미 잘 알고 있었을 삶의 소중함에 죽음도 이미 함께 있었다는 걸 이제서야 깨닫는다. 어린 날, 장례식을 마치고 나서 그동안 억눌려 찌그러진 것처럼 느껴졌던 몸이 한순간에 부풀어 풍선처럼 떠 올랐던 느낌, 그게 바로 살아있음의 기쁨을 느낀 최초의 순간이었던 걸 알게 되어 기쁘다.

EPILOGUE

한 권의 그림책 에세이가
만들어지기까지

가시투성이의 내가
새싹처럼 순해지기까지

"그림책에 관심 있으세요?"

"저요!"

나는 그림책을 좋아한다. 그것도 열렬하게! 처음 그림책을 모티
브로 한 글을 써보지 않겠느냐는 제의를 받았을 때부터 쓰지도
않은 글들이 벌써 내 머리 위에서 둥둥 떠다니는 기분이 들었다.
글들은 아직 쓰이지 않은 채로도 여름 하늘의 새털구름처럼 가볍
고 사랑스러웠다. 오랫동안 그림책을 읽어왔고 그림책에 얽힌 기
억도 그만큼 많을 테니 글은 술술 쉽게 써질 터였다. 망설일 이유
가 없었다.

그림책들을 고르는 건 쉽지 않았다.

즐겨 읽는 그림책들을 꺼내놓고 어떤 이야기를 하고 싶은지 생각
해봤지만 좀처럼 앞으로 나아갈 수가 없었다. 그림책은 대부분

50쪽 내외다. 글도 많지 않고 복잡하지 않다. 바로 그 점이 어려운 이유다. 읽을 때마다 매번 다르게 읽히기 때문이다. 때로 너무 말이 많고 때로 침묵을 고집한다. 나는 책상 위에 그림책들을 쌓아두고 막막했다. 집 근처에 있는 그림책박물관을 자주 찾았다. 대형 서점의 그림책 판매대에서 몇 시간씩을 보내기도 했다. 그림책과 함께 보내는 시간은 여전히 즐거웠지만 그뿐이었다. 그림책 속 세상은 너무 넓었으나 지표가 될 만한 것이라고는 아무것도 가지고 있지 않았다. 그림책을 모티브로 한 에세이라니! 세상에! 그런 글은 쓸 수 없을 것 같았다.

결국 내가 내린 결론은 그림책에서 벗어나는 거였다.

평소에 글을 쓰다 보면 자연스럽게 연상되는 책들(물론 그림책들도 포함해서)이 많았다. 그걸 이용하기로 했다. 여느 때처럼 주변에서 찾은 글감으로 글을 쓰면서 그림책들이 자연스럽게 등장하기를 기다렸다. 인내심도 순발력도 필요한 작업이었다.

시작은 어려웠으나 일단 첫 문장을 써놓고 나니 글은 폭포수처럼 떨어졌다. 끊임없이 이어지는 문장들을 받아쓰기에 내 손은 너무 느려서 답답했다. 때로는 벌벌 떨면서 글을 쓰기도 했다. 두근거리는 가슴을 움켜쥐고 숨을 몰아쉬면서 썼다. 중간중간 글쓰기를 멈추고 뜨개질을 하거나 영화를 봤다. 그래도 진정이 되지 않으면 집 밖으로 나갔다. 그렇게라도 하지 않으면 가슴이 터질 것 같았으니까. 속에 있는 말을 끄집어내는 게 어려운 게 아니라 감추는 것이 어려웠다. 어떤 말을 하고 어떤 말을 남겨야 할지 알 수 없었다.

열이 올라 붉어진 얼굴로 글쓰기를 마친 밤이면 잠이 안 왔다. 뒤척이는 새벽에 설핏 든 잠 속에서 나는 내 그림책들을 따라 지난 시간을 여행했다. 어린아이였던 나부터 최근의 나까지 뒤죽박죽인 세계는 그 자체로 하나의 거대한 그림책이었다. 여러 개의 평행우주가 내 주위를 빙빙 돌고 있는 것 같았다. 소나기 같던 쓰기가 일단락되었을 때는 정말이지 내가 쓴 글을 감당할 수가 없어서 앓아눕고 말았다. 그것들은 미숙한 만큼 날카롭고 뾰족했다. 쓰는 동안 무수히 찔리고 베인 상처를 갖게 됐다. 편집자에게 보여야 했지만 보낼 수 없었다. 의도에 맞지 않는 글들이라 쓸 수 없을지도 모른다고 둘러댄 후 손을 보기 시작했으나 얼마 후 프로그램 오류로 글을 대부분 잃고 말았다.

다시 쓰기 시작했다.

가을이 무르익을 때까지 이어진 작업 기간 중 원고를 잃는 일이 한 번 더 있었다. 워낙 기계에 문외한인 내 탓이었으나 결과적으로 그 과정은 꼭 있어야 했던 것이었음을 이제 나는 안다. 시고 떫은 풋과일 같은 글들이 익어갈 시간이 필요했던 거였다. 초고가 너무 우울해서 다시 써야 할지도 모르겠다고 말했을 때 편집자는 그 글들이 지금 책으로 엮이지 못한다고 하더라도 그 자체로 분명 의미가 있을 거라고 했다. 그러니까 일 년 전 이맘때 앓았던 쓰기의 몸살은 이 책이 나오는 데 마중물 같은 역할을 한 셈

인데 편집자는 이미 그 사실을 알고 있었다는 듯 덤덤하기조차
해서 내가 사라진 원고에 연연해하는 대신 새로 쓰는 글에 집중
할 수 있도록 해주었다. 다시 쓸 때마다 그림책이 바뀌었고 글은
조금씩 순해졌다.

이 책은 그림책에 관한 책이 아니다.

그림책을 읽고 난 후에 쓴 독후감도 아니다. 그림책에 관해 잘 알
고 있어야 쓸 수 있는 글은 애초에 내 몫이 아니었다. 그림책을
좋아하고 즐겨 보는 사람일 뿐이지만 내가 잘못 보고 있을지도
모른다는 걱정은 하지 않았다. 그림책에 관해 알고 싶다는 마음
보다(많이 알면 그만큼 더 잘 볼 수 있다는 말을 기억하지만) 그림책을
넘기고 있을 때의, 무엇에도 쫓기지 않고 요구받지도 않으며 마
음껏 자신을 풀어놓을 수 있는 바로 그 지점을 얘기하고 싶었기
때문이다.

그림책을 읽는 것은 그림책 속의 장면들을 내 방식대로 다시 그리고 쓰는 일이다. 비록 서툴고 어눌할지라도 내 속을 통과해서 나온 언어들은 그냥 사라지지 않고 남아서 씨앗이 된다. 글을 쓰는 동안 내 몸속에 숨어있던 씨앗들은 싹이 트고 자라서 꽃으로 피어났다. 그림책 씨앗들이 피운 꽃의 꽃말은 "괜찮아요"다. 글을 쓰고 만지는 내내 입안에서 맴돌던 단어다. 나는 봄날의 새싹처럼 순해져서는 이 글을 쓰지 않으면 알지 못했을 내 안의 많은 나를, 지나온 순간들을 만났다. 이해하고 용서를 빌고 화해를 청하고 다독이는 한 해였다. 쓴다는 것의 어려움과 즐거움을 경험하게 해준 혜다출판사와 송기자 편집자에게, 나를 견뎌준 식구들에게 감사를 전한다.

책 속의 그림책들

가끔은 내게도
토끼가 와 주었으면

1판 1쇄 발행 2020년 3월 10일

지은이 | 라문숙
펴낸이 | 이정훈, 정택구
책임편집 | 송기자
디자인 | 조성미

펴 낸 곳 | 혜다
출판등록 | 2017년 7월 4일(제406-2017-000095호)
주　　소 | 경기도 파주시 산남로 195번길 11
대표전화 | 031-901-7810 **팩스** | 0303-0955-7810
홈페이지 | www.hyedabooks.co.kr
이 메 일 | hyeda@hyedabooks.co.kr
인　　쇄 | (주)재능인쇄

저작권 ⓒ 2020 라문숙
편집저작권 ⓒ 2020 혜다

ISBN 979-11-967194-5-6 03810

이 도서의 국립중앙도서관 출판시도서목록(CIP)은 서지정보유통지원시스템 홈페이지
(http://seoji.nl.go.kr)와 국가자료공동목록시스템(http://www.nl.go.kr/kolisnet)에
서 이용하실 수 있습니다.(CIP제어번호: CIP2020007319)